Gabriella Wollenhaupt

Grappa
und die stille Glut

Kriminalroman

grafit

Die Autorin

Gabriella Wollenhaupt, Jahrgang 1952, arbeitete viele Jahre als Fernsehredakteurin in Dortmund. Ihre freche Polizeireporterin Maria Grappa hatte 1993 ihren ersten Auftritt. Mit *Grappa und die stille Glut* stellt sie zum fünfundzwanzigsten Mal ihre Schlagfertigkeit unter Beweis.

Zudem hat sich die Autorin gemeinsam mit ihrem Ehemann Friedemann Grenz mit *Blutiger Sommer* auf einen Ausflug in den Vormärz und mit *Schöner Schlaf* in die Kunstszene begeben.

www.gabriella-wollenhaupt.de

Die Personen

Carsten »Bärchen« Biber .... kommt nicht weiter
Erika Blome .... hütet ein Geheimnis
Iphigenie Falkenberg .... tanzt gern, aber nicht gut
Maria Grappa .... will Antworten
Simon Harras .... mag keine Flugobjekte
Werner Hoppenkötter .... macht ordentliche Fotos
Bernd Hummel .... endet unschön
Guido Kasch .... mag keine Schleier
Friedemann Kleist .... hat anderswo zu tun
Horst Kunze .... ist immer klamm
Dominique Lavant .... kocht gut und gern
Marlène Lavant .... ist eine gute Ehefrau
Anja Neuhaus .... ist mehr als attraktiv
Wayne Pöppelbaum .... sucht immer noch das Glück
Eva Przygode .... schätzt seriösen Journalismus
Sarah, Susi, Stella .... sorgen für Bodenhaftung
Anneliese Schmitz .... will keine Blümchen streicheln
Berthold Schnack .... kommt langsam in Fahrt
Clarissa Schreiner .... überrascht alle
Irene Stein .... versteht was von Seelen
Margarete Wurbel-Simonis .... mag es exotisch

»Man vergisst vielleicht, wo man die Friedenspfeife vergraben hat. Aber man vergisst niemals, wo das Beil liegt.«

Mark Twain (1835–1910)

»Erinnerung, du Wächter des Gehirns …«

William Shakespeare (1564–1616) aus *Macbeth*

Lachnummer oder mehr?

Ihr Hüftkreisen liegt zwischen Befruchtungsgymnastik und Rehasport, die Arme bewegt sie auf und ab wie ein flügellahmes Huhn. Ihre Haare sind so steif und blond wie die der Jacob Sisters. Neckisches Lächeln, geschürzte Lippen, die Brüste quellen aus dem Korsett. Musik aus dem Gettoblaster. Ravels Boléro, das langweiligste Stück der modernen Klassik.

»Schön ist anders«, sagte ich.

»Jo!«, bestätigte er und beendete die Vorführung auf seinem Tablet.

»Macht die das oft?«

»Ja. Etwa zwei Mal die Woche. Am helllichten Tag. Genau vor meinem Arbeitszimmer. Ich nehme das jetzt immer auf. Damit die Polizei mir auch glaubt. Vor drei Wochen hatte sie ein Bunnykostüm an.«

»Kennen Sie die Dame?«

»Natürlich. Sie verfolgt mich seit einem Jahr, führt mir diese lächerlichen Tänze vor, schickt mir Blumen, schreibt Liebesbriefe und stopft mir ihre benutzte Unterwäsche in den Briefkasten.«

»Was sagt die Polizei?«, fragte ich.

»Die sagen, sie können nichts machen.« Guido Kasch unterdrückte ein Aufstoßen. »Wahrscheinlich muss ich erst vergewaltigt werden und tot überm Gartenzaun hängen …«

Bei dieser Vorstellung musste ich grinsen. »Es gibt doch den Stalkingparagrafen«, erinnerte ich. »Danach ist das wiederholte Verfolgen und Belästigen eines Menschen, sodass seine Sicherheit bedroht und er in seiner Lebensgestaltung schwerwiegend beeinträchtigt wird, verboten.«

»Ich kenne das Gesetz. Aber sie bedroht ja meine Sicherheit nicht und, ob mein Lebensglück durch sie beeinträchtigt wird, ist Auslegungssache. Unterlassungserklärungen interessieren die Frau nicht – davon gehe ich fest aus. Ich weiß nicht weiter.«

Ich musterte ihn. Groß, Mitte fünfzig, sehr gut im Futter, dichtes Haar. Rentnerbeige Cordhose und Gesundheitsschuhe mit Lüftungsschlitzen. Seine Haut und die Fingerkuppen verrieten den Kettenraucher. Nicht wirklich ein Objekt weiblicher sexueller Begierde.

»Und was soll ich jetzt tun?«

»Sie haben doch dazu aufgerufen, dass sich Stalkingopfer bei Ihnen melden sollen«, antwortete er. »Schreiben Sie einen Artikel und veröffentlichen Sie das Video auf der Internetseite Ihrer Zeitung. Vielleicht ist ihr das peinlich und sie hört endlich damit auf.«

»Stalker sind psychisch krank, denen ist egal, was in der Zeitung über sie steht. Vielleicht fühlt sich die Frau sogar geschmeichelt, wenn wir den Erotiktanz online stellen. Außerdem dürfen wir ihr Gesicht nicht zeigen.«

»Warum das denn nicht?«, fragte er perplex.

»Sie haben die Aufnahmen ohne Genehmigung der Dame gemacht, richtig?«

»Natürlich! Um Beweise zu haben.«

»Das Recht am eigenen Bild gilt auch für psychisch Gestörte. Wir stellen keine kranken Menschen bloß. Aber Ihre Geschichte interessiert mich schon. Meistens werden Frauen gestalkt, Sie sind der erste Mann, der sich auf unsere Aktion hin gemeldet hat. Was machen Sie beruflich?«

»Ich bin Pfarrer.«

Ups. Jetzt wurde die Story rund.

Auch Stella und Susi, die Sekretärinnen, horchten auf. Die beiden waren ein sicherer Seismograf für Themen, die gesprächswertig, aber intellektuell nicht zu anstrengend waren. Und ein Geistlicher, der von einer älteren Frau mit erotischen Tänzen verfolgt wurde, erfüllte diese Voraussetzungen.

»Lassen Sie uns in die Kantine gehen«, schlug ich vor, um den neugierigen Ohren der Kolleginnen zu entgehen. »Da gibt es Kaffee und Schnittchen. Und dann erzählen Sie mir die Geschichte von Anfang an.«

Wir suchten uns dort eine ruhige Ecke und ich fuhr fort mit meinen Fragen: »Wie haben Sie die Frau kennengelernt?«

»Vor zwei Jahren habe ich ein Wohnprojekt seelsorgerisch betreut. Gemeinsames Wohnen, Jung und Alt.«

»Das Haus der Gemeinnützigen Wohnungsgesellschaft?«

Er nickte.

Ich kannte das Projekt, das *Tageblatt* hatte mehrfach darüber berichtet. Die städtische Wohnungsbaugesellschaft hatte ein sogenanntes Ekelhaus im Norden gekauft und grundsaniert. So waren aus vermüllten und baufälligen Wohnungen, die in den letzten Jahren von osteuropäischen Armutsflüchtlingen besetzt worden waren, propere kleine Wohneinheiten entstanden. Ein soziales Vorzeigeprojekt der Kommune.

»Eines Tages zog sie dort ein. Sie behauptete, mich in einem Blumengeschäft gesehen zu haben, doch ich erinnerte mich nicht. Ich wunderte mich, denn sie schien gut situiert zu sein und hatte es bestimmt nicht nötig, in diese Gegend zu ziehen. Anfangs benahm sie sich völlig normal.«

»Was heißt ›normal‹?«

»Sie beteiligte sich an den Gemeinschaftsarbeiten, pflegte den Garten, passte auf die Kinder anderer Mieter auf und so weiter. Und dann kam der Tag, an dem sie mich sprechen wollte. Sie erzählte mir ihr Leben und ich hörte zu. Das ist ja meine Aufgabe. Sie bestand darauf, dass ich sie Iffi nannte. Das kommt von Iphigenie, französisch Iffi-dsche-nie.«

»Iffi.« Ich nahm einen Schluck Kaffee. Seine langsame Art zu sprechen, ging mir auf die Nerven. »Wann schlug die Sache dann um?«

»Sie machte mir Geschenke. Kleine Puppen aus Strick, eine umhäkelte Klopapierrolle fürs Auto, Pralinen, Nussecken und Marmorkuchen. Sie backte süße Plätzchen wie eine

Geisteskranke. Ich bat sie, damit aufzuhören. Die anderen machten sich nämlich schon lustig. Dann verbreitete sie Lügen – bis hin zu der Behauptung, wir hätten Sex gehabt.«

Pause.

»Und? Hatten Sie Sex?«

»Natürlich nicht. Sie rief bei meinem Arbeitgeber an und erzählte, ich habe sie verführt. Die Kirche zog mich sofort aus dem Mehrgenerationenhaus ab und gab mir eine neue Aufgabe in einem Seniorenheim. Ich versuchte, mit ihr zu reden und ihr endgültig klarzumachen, dass ich nichts von ihr will. Doch leider hörte Iffi mit ihrem Stalking nicht auf. Es wurde immer schlimmer. Sie legte mir weiter Geschenke vor die Haustür, rief mich zigmal am Tag an und erzählte in den Geschäften, in denen ich einkaufe, dass wir ein Paar seien. Und dann kamen diese schrecklichen leicht bekleideten Auftritte vor meiner Tür. Ich ging zur Polizei und erstattete Anzeige gegen Iffi. Mit Nachnamen heißt sie übrigens Falkenberg. Den Rest kennen Sie.«

»Ich werde über Ihren Fall berichten«, versprach ich. »Aber ich brauche Fotos. Von Ihnen, Ihrem Heim und Ihrem jetzigen Arbeitsplatz.« Ich reichte ihm meine Karte: »Meine Handynummer. Rufen Sie mich an, wenn etwas passiert.«

Wir verabredeten uns für den nächsten Tag.

Das Sommerloch wird gefüllt

In der Redaktionskonferenz blieben einige Stühle leer. Eine Erkältungswelle, ausgelöst durch die Klimaanlage im Großraumbüro, hatte ein paar Kollegen außer Gefecht gesetzt. Berthold Schnack allerdings hatte sich trotz offensichtlichen Unwohlseins in die Redaktion geschleppt und thronte am Kopf des Tisches – vor sich eine Tasse Kamillentee und vier Packungen Papiertaschentücher.

Er verteilte die Termine des Tages. Viel war nicht los. Es war Saure-Gurken-Zeit, weil die halbe Stadt in Urlaub war. In meinem Spezialgebiet, den Berichten über allerhand Verbrechen, gab es nichts zu tun: die Bierstädter Spitzbuben chillten am Ballermann oder sonst wo. Kulturell war tote Hose, nur die Naturbühne nervte mit ihren Laienvorführungen.

»Unser Stehsatz geht zur Neige«, schniefte der Chef. »Was macht die Serie über Stalking, Frau Grappa?«

»Die läuft langsam an. Ich habe einen evangelischen Pfarrer, der von einer älteren Frau mit Geschenken bombardiert und mit erotischen Tänzen verfolgt wird.«

»Erotische Tänze?«, vergewisserte sich Schnack. »Wie muss ich mir das vorstellen?«

»Leicht bekleidet in seinem Vorgarten.«

»Das lebt vom Bild«, grinste Wayne Pöppelbaum.

»Deshalb sollst du morgen mitkommen«, meinte ich. »Es gibt ein Video, auf dem die Frau den Tanz der sieben Schleier zum Besten gibt. Hardcore! Wenn es nicht so traurig wäre.«

»Hört sich interessant an«, urteilte Schnack.

»Der Pfarrer hat das Gehopse heimlich aufgenommen, um Beweise für einen Prozess zu haben. Vielleicht könnten wir den Streifen auf unsere Homepage stellen, wenn wir ihr Gesicht unkenntlich machen?«

»Ich werde mit unserem Justiziariat Kontakt aufnehmen und das klären«, versprach Schnack. »Hat sonst noch jemand einen Vorschlag, wie wir die geneigten Leser erfreuen können?«

»Die Selbsthilfegruppe der Schwerbrandverletzten hat mich zu ihrer alljährlichen Grillfete eingeladen«, verkündete Carsten ›Bärchen‹ Biber.

Spontanes Gekicher.

»Ich finde das nicht lustig«, wies uns Bärchen zurecht. »Diese armen Menschen versuchen, durch Kontakt mit Feuer ihre Traumata zu überwinden. Deshalb grillen sie heute

Nachmittag. Um den Geruch von verbranntem Fleisch nicht mehr als Bedrohung zu empfinden.«

Bratwurstduft zog in meine Nase. Ich krabbelte in meiner Tasche nach einem starken Pfefferminzbonbon.

»Gut, dann kümmere dich darum, Carsten«, entschied Schnack. »Eine solche Reportage verlangt Fingerspitzengefühl, aber das hast du ja. Im Gegensatz zu einigen Kollegen hier am Tisch.«

»Danke, Chef! Ich mache die Fotos übrigens selbst.« Bärchen warf einen Blick auf Wayne Pöppelbaum. »Ich möchte zu diesen armen Menschen Vertrauen aufbauen, ihnen nahekommen.«

Wayne zeigte ihm für Millisekunden einen Stinkefinger. Der Schnack-Liebling lächelte süffisant. Er ließ sich neuerdings einen Bart wachsen – obwohl der Begriff ›wachsen‹ ziemlich übertrieben war: Einzelne mehrfarbige Härchen quälten sich aus seinem Kinn. So musste ein Vogelküken aussehen, das versehentlich in einer Mikrowelle gelandet war.

»Du nimmst Frau Schreiner mit«, befahl Schnack. Die Angesprochene schreckte auf.

Sommerpraktikantin Clarissa Schreiner war seit einer Woche bei uns. »Mal reinriechen hier« – so bezeichnete sie ihren Plan am ersten Tag. Aber wir sollten uns keine Hoffnungen auf langfristiges Engagement ihrerseits machen. »Ich will später einmal vor der Kamera arbeiten wie die …« Sie hatte sich ihr blondes Haar zurückgestrichen und die Namen einer Reihe von TV-Moderatorinnen der Privatsender genannt. »Die Zeitung ist ja irgendwie ein sterbendes Medium«, stellte sie abschließend fest.

Mit solchen Sätzen hatte man sich in unserer Redaktion immer schon enorm beliebt machen können. Unsere Herzen waren ihr nur so zugeflogen.

»Ich soll zu einer Grillfete?«, fragte Schreiner. »Zu Leuten, die womöglich vollkommen entstellt sind? Ich glaube nicht, dass ich das möchte.«

»Sie machen das, was ich sage«, sagte Schnack gefährlich leise. »Oder das war Ihr letzter Tag in dieser Redaktion.«

Das herzförmige Mündchen zeigte einen Flunsch und auf der makellosen Stirn erschien eine Zornesfalte.

»Wird schon nicht so schlimm werden«, beschwichtigte Bärchen Biber.

»Dann wäre das ja geklärt«, stellte der Chef fest. »Und jetzt wünsche ich Ihnen allen einen erfolgreichen Arbeitstag.«

Eifersucht und Kontrolle

Am Nachmittag stellte ich meine Unterlagen über Stalking zusammen und sah die Mails durch, die dem *Tageblatt* zu diesem Thema geschickt worden waren. Die meisten Absender waren Frauen, die von ihren Expartnern verfolgt wurden – sozusagen der Klassiker in dieser Branche. Aber auch Nachbarn oder Arbeitskollegen wurden oft zu Stalkern.

Ich suchte mir die Telefonnummer einer Selbsthilfegruppe aus dem Internet und rief dort an. Man war bereit, mir ein kurzes telefonisches Interview zu geben.

Stalking: Wenn Nähe zur Bedrohung wird – so die Überschrift des Artikels, den ich anschließend schrieb.

Stalker können ihren Opfern das Leben zur Hölle machen. Im Extremfall werden sie zu Mördern – wie 1989 in *Los Angeles. Robert John Bardo* ist ein *Fan* der 21-jährigen Schauspielerin *Rebecca Schaeffer*. Er schreibt ihr Briefe, auf einen antwortet sie. Doch das genügt dem Mann nicht. Er ermittelt *Schaeffers* Adresse, klingelt und, als sie die Tür öffnet, tötet er sie mit einem Schuss in die Brust. Seit diesem Mord in den USA wird das Thema ernst genommen.
Irene Stein leitet eine Selbsthilfegruppe für Stalkingopfer. Auch sie hat Erfahrungen mit einem Mann machen müssen, der sie verfolgt, kontrolliert und bedroht hat.

Wie haben Sie den Mann kennengelernt?

In einer Online-Partnerbörse. Ich hatte gerade eine schwierige Trennung hinter mir.

Wie verlief Ihr erstes Treffen?

Eigentlich ganz okay. Doch danach ging's los. Er wollte jede Minute wissen, wo ich war und was ich machte. Er war eifersüchtig auf jeden, mit dem ich zu tun hatte. Da wollte ich die Beziehung beenden.

Wie hat er reagiert?

Er hat mich überraschend besucht und machte einen ganz normalen Eindruck. Angeblich wollte er nur reden. In der Nacht stand er plötzlich mit meinem Handy neben meinem Bett und war außer sich vor Wut. Ich hatte eine SMS bekommen. Ich bekam Todesangst und flüchtete ins Bad.

Wie sind Sie ihn losgeworden?

Am Morgen ging ich zur Polizei und erzählte, was ich in den vergangenen Monaten durchgemacht hatte. Die Polizisten rieten mir, Anzeige zu erstatten. Das hat mir das Leben gerettet.

Ist es zu einem Prozess gekommen?

Ja, es war der blanke Horror. Der Typ hatte ein langes Vorstrafenregister, weil er zigmal gegen einstweilige Verfügungen verstoßen hatte. Und dann der Hammer: Er bekam zwölf Monate auf Bewährung. Das hat mich krank gemacht.

Wie geht es Ihnen heute?

Wieder gut. Durch die Arbeit in der Selbsthilfegruppe habe ich meinen jetzigen Mann kennengelernt. Aber bei jeder SMS, bei jedem Türklingeln und bei jedem Päckchen, das an mich adressiert ist, muss ich wieder an den Mann denken, der mir das Leben zur Hölle gemacht hat.

Fortsetzung folgt:

Lesen Sie morgen die Geschichte eines Mannes, der von einer liebestollen Frau verfolgt wird.

Ich reicherte den Artikel mit einigen symbolischen Fotos an, die ich im Bilderpool des Verlages fand. Eine Frau, hinter der sich ein drohender Männerschatten aufbaut, ein Mann, der in der Dunkelheit vor einem Haus lauert.

Schnack las den Artikel gegen und gab sein Okay.

Feierabend. Auf dem Weg zum Parkplatz traf ich Bärchen Biber und Clarissa Schreiner. Sie kehrten von der Grillfete der Schwerbrandverletzten zurück und waren bester Laune.

»Na, wie waren die Würstchen?«, fragte ich.

»Lecker. Und die Leute waren ganz nett. Und so schlimm sahen sie gar nicht aus, jedenfalls nicht im Gesicht«, erzählte die Sommerpraktikantin. »Es war nicht so schrecklich, wie ich dachte. Diese Leute stehen trotz ihres Schicksals mitten im Leben und jammern keineswegs nur rum.«

»Clarissa hat sich tapfer geschlagen«, sagte Bärchen Biber gönnerhaft. »Und jetzt guten Abend, die Damen, ich habe noch was vor.«

»Erzähl doch mal, Bärchen!«, forderte ich. »Vielleicht haben wir ja Lust, dich zu begleiten.«

»Bestimmt nicht, Grappa. Es hat was mit Sport zu tun. Hart am Mann.«

Ich grinste. »Dann gutes Gelingen.«

Er verbeugte sich und verschwand.

»Warum wird er ›Bärchen‹ genannt?«, fragte Clarissa.

»Wegen des Teddybären in seinem Betroffenheitskoffer«, erklärte ich. »Er schleppte früher immer einen kleinen Teddy, ein Grablicht und ein Pappschild mit der Aufschrift *Warum?* mit sich rum, wenn er auf Reportage war. Bei tödlichen Unfällen, Verbrechen oder Amokläufen holte er den Krempel raus, platzierte ihn am Ort des Geschehens und fotografierte das Ganze.«

»Solche Fotos hab ich tatsächlich schon gesehen«, ging unserem Nachwuchs ein Licht auf. »Neulich noch, als ein Kind aus dem dritten Stock gefallen war. Ich dachte immer, da trauern Nachbarn mit den Hinterbliebenen. Jetzt weiß ich es besser!«

»Na, bitte!« Ich lachte. »Langsam kommst du dahinter, wie es im wirklichen Leben zugeht!«

Stumm und einbeinig

Es war schon Abend, doch die Hitze wollte nicht aus den Straßen weichen. Zu Hause öffnete ich alle Fenster und Türen zum Garten. Die Pflanzen ließen Blätter und Blütenköpfe hängen, sehnten sich nach Wasser. Ich rollte den Gartenschlauch ab und besprühte das Grün großzügig.

Seit einigen Wochen verbrachte ich meine Abende allein. Ich hatte die Bücher rausgeholt, die ich schon immer hatte lesen wollen, spielte sogar mit dem Gedanken, mein Haus gründlich zu putzen – doch heute nicht. Ich griff mir die Flasche Vinho Verde aus dem Kühlschrank, richtete mir Tomaten mit Mozzarella vom Büffel, Basilikum und einer Balsamico-Vinaigrette an und setzte mich auf die Terrasse unter den Kirschbaum. Hier ließ es sich aushalten.

Ich wandte mich meinem Buch zu – einem Roman über einen Serienkiller, der es auf junge blonde Frauen abgesehen hatte. Geiler Plot. Noch nie dagewesen. Das Interessanteste an der Vorliebe des Killers war, dass die Damen stumm und einbeinig sein mussten. Deshalb wuchs die Liste seiner Opfer nur höchst langsam an. Das Buch war wohl nicht ohne Grund achthundert Seiten lang.

Ich griff zum nächsten. Die *Historie der Kriminalistik.* Mit vielen Fotos. Herausgerissene Därme, weggeschossene Gesichter und abgetrennte Gliedmaßen. Ich klappte auch dieses Buch zu.

Aus dem Haus drang das Klingeln des Handys an meine Ohren. Nein, keine Lust dranzugehen. Ich leerte die Flasche Wein, sah den Mücken beim Tanz im Licht der Gartenlaterne zu und begab mich irgendwann in mein Bett.

Am Morgen prüfte ich die eingegangenen Nachrichten auf meinem Handy. Jemand hatte mir auf die Mailbox gesprochen.

Es war Pfarrer Guido Kasch: »Frau Grappa, sie ist wieder da. Direkt vor dem Haus in meinem Vorgarten. Wenn Sie Fotos machen wollen, dann kommen Sie bitte sofort.«

Die Nachricht war gegen dreiundzwanzig Uhr eingegangen. Das war der Anruf, den ich gestern Abend nicht mehr entgegengenommen hatte. Mist! Ich hatte Kasch gebeten, sich zu melden, und genau das hatte er getan.

Ich rief ihn zurück, aber niemand ging ans Telefon.

Ich machte mich arbeitsfertig und fuhr zur Bäckerei. Anneliese Schmitz schaufelte gerade Brötchen vom Blech in die Auslage. Es duftete göttlich.

»Frau Grappa, wie isses?«

»Muss. Und selbst?«

»Muss. Heiß isses.« Ihr Gesicht war rötlich gefärbt. »Frühstück wie imma?«

»Nur Kaffee und Brötchen. Kein Rührei.«

»Gut. Geh schomma rein, Frau Grappa.«

Im Bistro bediente Donka gerade eine Truppe von Bauarbeitern, die nebenan ein Bürogebäude hochzogen. Merkwürdig, wie sich Männer benehmen, sobald sie eine hübsche junge Frau sehen. Peinliches Gebalze, Scherze der Marke Doof und anzügliche Bemerkungen über Donkas Hüftschwung. Die Miene der Bulgarin blieb kühl distanziert.

»Hast du schon bestellt?«, fragte sie mich.

»Ja, bei der Chefin. Kleines Frühstück. Sag mal, stört dich das gar nicht, wenn sich Kerle so aufführen?« Ich deutete mit dem Kinn Richtung Männergruppe.

»Die tun doch nichts, die wollen nur spielen«, bemühte sie den Standardsatz der Besitzer aggressiver Hunde. »Ich hol mal eben deine Sachen.«

Doch Frau Schmitz war schon im Anmarsch. Auf dem Tablett lag auch das *Bierstädter Tageblatt.*

»Dolles Thema, dieses Stalking«, tat sie kund. »Ich kannte mal eine, die wurde von einem Kollegen verfolgt. Keiner hat ihr geglaubt und sie war so fertig, dass sie die Arbeit hingeschmissen hat und in eine andere Stadt gezogen ist.«

»Heute schreib ich eine Story über einen Pfarrer, der von einer alten Frau mit erotischen Tänzen verfolgt wird«, kündigte ich an. »Der arme Mann ist völlig verzweifelt und …«

Mein Handy klingelte. Pöppelbaum.

»Sag mal, Grappa, heißt dein Pfarrer Guido K.?«, fragte er.

»Ja, Guido Kasch. Warum?«

»Der ist jetzt tot.«

Ein regennasses Gespräch

Bis zum Mittag hielten sich Staatsanwaltschaft und Polizei bedeckt. Mehr als die Tatsache, dass ein sechsundfünfzigjähriger Pfarrer namens Guido K. in seinem Haus tot aufgefunden worden war, rückten sie nicht heraus. Eine Mordkommission wurde eingerichtet. Also Fremdverschulden. Bevor ich die Ermittler über Kaschs gestrigen Anruf bei mir unterrichtete, wollte ich weitere Informationen abwarten.

Hinter den Kulissen liefen allerdings die Leitungen heiß. Der volle Name des Pfarrers kursierte bereits, nur über die Umstände seines Todes war nichts herauszubekommen.

»Wir fahren zu Kaschs Wohnung und schütteln die Nachbarn«, schlug ich Wayne vor. »Mehr als schiefgehen kann es nicht.«

Ich bat Susi, auf die Mails zu achten und mich sofort zu informieren, falls es Neuigkeiten zu dem Mordfall gab.

Wir starteten.

Kaschs Domizil war ein schmalbrüstiges Reihenhaus aus den Siebzigerjahren mit schachbrettgroßem Vorgarten, in dem verblühte Rosen ihr verstaubtes Dasein fristeten. Rote Hagebutten leuchteten wie kleine Laternen zwischen den

Stacheln. Hier also hatte Iffi Falkenberg den Pfarrer mit erotischen Tänzen gepeinigt.

»Er hat mich letzte Nacht angerufen«, erzählte ich Wayne.

»Wer?«

»Kasch. Du kannst es hören.«

Ich aktivierte meine Mailbox, stellte den Ton laut und hielt Wayne das Handy hin.

Frau Grappa, sie ist wieder da. Direkt vor dem Haus in meinem Vorgarten. Wenn Sie Fotos machen wollen, dann kommen Sie bitte sofort.

»Das ist der Hammer!«, entfuhr es meinem Kollegen. »Und jetzt sagst du mir bestimmt auch, warum wir nicht hingefahren sind.«

»Ich hab die Nachricht erst heute Morgen abgehört«, antwortete ich. »Gestern bin ich nicht mehr ans Telefon gegangen.«

»Warum das denn nicht?«

»Wayne! Weil ich Feierabend hatte und einfach meine Ruhe haben wollte.«

»Du wirst alt, Grappa-Baby. Früher wäre dir das nicht passiert!«

»Früher gab es keine Handys, die einen Tag und Nacht nerven.«

Die Eingangstür von Kaschs Haus war versiegelt, die Rollläden heruntergelassen.

»Nehmen wir das rechte oder das linke Haus?«, fragte ich.

»Links«, entgegnete Bluthund Pöppelbaum. »Das sieht freundlicher aus.«

Er hatte recht. Das Gebäude war gelb angestrichen, die Fensterrahmen hoben sich in einem schönen Blau davon ab und hinter den Scheiben waren Blumen zu erkennen.

Ich schellte bei *Hansen*. Es dauerte nicht lang, dann öffnete eine junge Frau. Wir stellten uns vor.

»Ihr Nachbar, der Pfarrer, ist tot. Wahrscheinlich ermordet.«

»Ich weiß. Furchtbare Sache. Kommen Sie rein.«

Wir folgten ihr in eine Küche mit hellen Möbeln.

»Wollen Sie einen Kaffee? Ich hab grad welchen gemacht.«

Wayne musterte die junge Frau mit Wohlwollen. Sie war auf eine bäuerliche Art attraktiv: rote Bäckchen, draller Busen und ausgeprägte Hüften. Ihr dichtes Haar trug sie zum Pferdeschwanz gebunden.

»Sie sind Frau Hansen?«, fragte ich.

»Nein, ich heiße Anja Neuhaus. Hansen war mein Lebensgefährte«, enthüllte sie. »Es klappte aber nicht mit uns. Ich hab das Haus übernommen. Den Namen auf dem Schild muss ich unbedingt noch ändern.«

Wenn sie bei anderen Themen auch so mitteilsam war, würde sie eine gute Quelle sein.

»Kannten Sie Pfarrer Kasch?«

»Ja, sicher. Er wohnte schon da, als wir hier einzogen. Das war vor vier Jahren. Netter Mann. Seit einem Jahr machte ihm allerdings diese alte Frau Stress. Die Stalkerin. Iffi Soundso. Kasch war einige Male hier und hat sich ausgeweint. Und jetzt ist er tot. Hat sie ihn umgebracht?«

»Das wissen wir nicht. Haben Sie die Stalkerin selbst gesehen?«

»Aber ja.« Anja Neuhaus lachte. »Irgendwie tat sie mir leid. Sie arbeitete sich echt ab bei diesem Tanz. Zum Fremdschämen. Einmal war der Pfarrer gar nicht zu Hause und sie stand im Garten. Es regnete in Strömen und ich hab sie reingebeten.«

»Sie haben mit ihr gesprochen?«, fragte ich ungläubig.

»Klar. Wir haben zusammen Tee getrunken. Ich wollte natürlich wissen, warum sie diesen Blödsinn veranstaltet. Sie meinte, dass sie nicht anders könne und dass Pfarrer Kasch ihr Lebensinhalt sei. Liebe und so. Ich hab es dann dabei belassen. Ich hab mal als Krankenschwester in der Psychiatrie gearbeitet, verstehen Sie?«

Ja, wir verstanden.

»Was war vergangene Nacht?«, fragte Wayne. »Die Frau war wieder da, oder?«

»Letzte Nacht?« Anja Neuhaus schüttelte den Kopf. »Ich hab nichts bemerkt. Allerdings bin ich erst um Mitternacht nach Hause gekommen, ich war mit einer Freundin im *sweetSixteen* und danach haben wir noch einen gezischt.«

»Und da ist Ihnen nichts aufgefallen? Brannte Licht im Haus nebenan?«

Sie kicherte. »Nö, nix. Ich war allerdings nicht mehr ganz nüchtern und wollte nur noch pennen.«

»Kasch hat mich um elf Uhr abends angerufen und mir gesagt, dass Iffi Falkenberg wieder vor seinem Haus tanzt. Ich hab den Anruf leider verpasst. Und gegen Mitternacht war hier alles ruhig? Überlegen Sie doch noch mal!«

»Da muss ich nicht überlegen. Ich weiß nichts«, antwortete sie. »Wie ist er eigentlich getötet worden?«

»Darüber hat die Polizei noch nichts bekannt gegeben. Wissen Sie, wo Frau Falkenberg wohnt?«

Anja Neuhaus mischte sich ein: »Sie wohnt im Norden der Stadt, hat sie mir erzählt. Nähe Fredenbaumpark, bei den Städtischen Kliniken. Immermannstraße. Ich hab das deshalb behalten, weil fast gegenüber mein Lieblingskino *sweetSixteen* liegt. Die Nummer weiß ich allerdings nicht.«

»Patente Person, diese Anja Neuhaus«, stellte ich fest, als wir wieder im Auto saßen.

»Finde ich auch«, meinte Pöppelbaum. »Nicht jeder hat den Mut, so eine Verrückte zum Tee zu bitten.«

Mein Handy klingelte. Susi teilte mit, dass Staatsanwaltschaft und Polizei eine Pressekonferenz angesetzt hatten. In einer Stunde.

Wir nahmen einen schnellen Kaffee in der Polizeikantine. Dieselbe Idee hatten auch einige Fernsehteams, die mit vollem Personal angerückt waren. Auch der freie Kasper von der Blöd-Zeitung mümmelte sein Brötchen.

»Na, Grappa«, sprach er mich an. »Wusste gar nicht, dass du noch im Job bist. Ich wähnte dich schon in Rente.«

»Ich krieg wenigstens eine«, gab ich zurück. »Du dagegen wirst in der Grundsicherung landen.«

»Bis ich soweit bin, gibt es eh nur noch die Einheitsrente.«

»Abwarten.«

»Seid ihr auch wegen des Pfarrers hier?«, wollte der Kollege wissen. »Der soll ja auf eine ganz jämmerliche Weise den Löffel abgegeben haben – hörte ich.«

Hörte ich. Seitdem Hauptkommissar Friedemann Kleist nicht mehr mein Informant war, bekam ich kaum noch etwas mit. Ich muss mir ein neues Netzwerk aufbauen, dachte ich, aber wie? Je länger ich in diesem Beruf war, desto weniger hatte ich Lust, mir immer wieder neue Informanten zu suchen, sie zu hegen und zu pflegen und ihnen manchmal einen Gefallen zu tun.

Männerträume und eine Grillvariante

»Hast du das mitbekommen?«, fragte ich Wayne, als wir auf dem Weg zum Konferenzraum waren. »›Jämmerliche Weise‹. Was das wohl zu bedeuten hat?«

»Vielleicht hat die Stalkerin den Pfarrer zu Tode gevögelt«, mutmaßte Wayne.

»Der Typ von der Blöd sagte jämmerlich. Das, was du meinst, ist ja eher ein Männertraum.«

»Nicht mit einer Frau um die siebzig«, grinste der Fotograf.

Wir ließen uns auf unseren Plätzen nieder. Der neue Polizeipräsident, der Staatsanwalt für Kapitalverbrechen und der Pressesprecher erschienen und setzten sich ebenfalls.

Die Radioleute stöpselten ihre Mikros ein, die Kameraleute prüften Licht und machten den Weißabgleich.

»Guten Tag, meine Damen und Herren«, begann der Polizeipräsident. »Der Anlass dieser Zusammenkunft ist mal wieder ein trauriger. Gestern Nacht ist der sechsundfünfzigjährige Geistliche Guido Kasch getötet worden. Die Auffindesituation und die Umstände lassen auf ein Kapitalverbrechen schließen. Der Tote wurde heute früh von seiner Haushälterin gefunden. Diese besitzt einen Schlüssel zum Eigenheim des Geschädigten.«

Geschädigter. Wie ich diese Polizeisprache liebte! Sie war so bescheuert steif, dass sie fast satirische Züge hatte.

Jetzt war der Staatsanwalt dran. »Wir haben das Opfer obduziert und uns bietet sich folgendes Bild: Dem Mann wurde zunächst ein Betäubungsmittel eingeflößt, nach ersten Erkenntnissen waren es sogenannte K.-o.-Tropfen. Als der Mann bewegungsunfähig war, zog sein Mörder ihn zum Backofen, legte seinen Kopf hinein und stellte die höchste Temperatur ein. Ein solcher Fall ist mir ...«, der Staatsanwalt hustete, »... noch nicht untergekommen.«

Entsetztes Gemurmel. Der Blöd-Zeitungsfuzzi schaute mich triumphierend an. ›Jämmerlich‹ – hatte er gesagt. Ja, das war wirklich mehr als jämmerlich.

»Da sich das Opfer nicht wehren konnte, kam es durch die starke Hitze zu Verbrennungen am Kopf, die schließlich zum Tode führten. In diesem Zustand wurde der Geschädigte dann auch gefunden. Und jetzt stellen Sie bitte Ihre Fragen, von denen ich einige aus ermittlungstaktischen Gründen nicht beantworten werde – aber das kennen Sie ja.«

Ich meldete mich. »Pfarrer Kasch wurde seit etwa einem Jahr von einer Stalkerin verfolgt. Gestern Abend erhielt ich einen Anruf von ihm. Er sprach mir auf die Mailbox, dass diese Frau wieder bei ihm aufgetaucht sei.«

Die Herren sahen sich erstaunt an.

»Warum hat er Sie angerufen?«, fragte der Staatsanwalt.

»Das *Tageblatt* plant eine Serie über Stalking. Kasch meldete sich auf unseren Aufruf. Gestern hatten wir ein erstes Gespräch. Er war damit einverstanden, dass ich über seinen Fall berichte.«

»Eine Stalkerin?«, fragte der Blöd-Zeitungskollege. »Warum haben Sie das nicht erwähnt, Herr Staatsanwalt?«

»Weil diese Frau nichts mit dem Tod zu tun haben muss«, entgegnete der Angesprochene verschnupft. »Aber seien Sie gewiss, dass wir in alle Richtungen ermitteln. Richtig ist, dass gegen diese Person – nennen wir sie meinetwegen ›Stalkerin‹ – mehrere Anzeigen vorliegen.«

Der Pressesprecher verteilte Fotos, auf denen Guido Kasch zu sehen war, und ein DIN-A4-Blatt.

»Veröffentlichen Sie bitte dieses Foto. Und stellen Sie in Ihren jeweiligen Medien die Fragen, die wir uns stellen. Zum Beispiel diese: Wo sind Zeugen, die etwas bemerkt haben? Gab es ungewöhnliche Besuche, eine Änderung des Verhaltens des Toten? Zurzeit befragen wir die Nachbarn und seine Freunde. Auch sein berufliches Umfeld ist interessant für uns.«

Als wir gehen wollten, hielt mich der Staatsanwalt zurück. »Ich würde gern die Nachricht des toten Pfarrers hören«, sagte er.

Ich aktivierte die Mailbox und spielte die Sätze ab.

»Können Sie sich vorstellen, dass Iffi Falkenberg etwas mit dem Mord zu tun hat?«, fragte ich.

»Nein. Wir haben das natürlich als Erstes überprüft. Frau Falkenberg hat ein Alibi. Ein felsenfestes Alibi.«

»Ach, was? Wie sieht das denn aus?«, fragte ich überrascht.

»Das möchte ich nicht sagen.«

»Und Kaschs Anruf?«

»Er muss sich getäuscht haben. Vielleicht hat er jemanden im Garten gesehen und die Gestalt für die Falkenberg gehalten. Kein Wunder, so wie sie ihm zugesetzt hat.«

»Ach, Quatsch!«, entfuhr es mir. »Er hatte doch nichts mit den Augen.«

»Wir haben nicht nur Liquid Ecstasy in seinem Blut gefunden, sondern auch noch eine ziemliche Menge Alkohol. Das trübt schon mal den Blick.«

Christliche Werte und ein Alibi

Schnack ermahnte mich, die schrecklichen Details mit gebotenem Fingerspitzengefühl zu beschreiben. »Wir sind ja eine christliche Familienzeitung, die auch von Kindern und Jugendlichen gelesen wird.«

»Ich weiß. Kein Problem für mich«, meinte ich lahm und fragte mich wieder einmal, warum diese christliche Familienzeitung im Mantelteil Bilder von IS-Terroristen veröffentlichte, die johlend die abgeschlagenen Köpfe ihrer Feinde vor der Kamera präsentierten, und an den zahlreichen Anzeigen dubioser Massagestudios und Swingerclubs Geld verdiente.

»Hat diese Stalkerin etwas mit dem Tod des Mannes zu tun?«, fragte Schnack.

»Vermutlich nicht. Sie hat ein Alibi – sagt die Polizei.«

»Wer soll sonst dahinterstecken?«

»Lieber Herr Kollege! Der Pfarrer ist noch nicht mal einen Tag tot. Geben Sie der Polizei die Chance, zu ermitteln.«

»Sie haben recht.« Er teilte mir vierzig Zeilen auf der ersten Lokalseite zu.

Pöppelbaum steuerte Fotos bei: der Staatsanwalt, das Porträt von Pfarrer Kasch und ein Bild vom Haus des Toten.

Mord im Pfarrhaus –
Geistlicher stirbt einen grausamen Tod

– so titelte ich.

Der 56-jährige evangelische Pfarrer Guido Kasch ist tot. Er wurde in der Nacht zu Dienstag ermordet. Seine Haushälterin entdeckte die Leiche am Morgen. Nach ersten Ermittlungen und der Obduktion steht fest, dass Kasch mit K.-o.-Tropfen betäubt und dann erstickt wurde.

Ich stockte. Erstickt? Wohl eher verbrannt. Bei lebendigem Leib. Ich löschte den Satz.

> … dass Kasch mit K.-o.-Tropfen betäubt und dann bei lebendigem Leib verbrannt wurde.

Das hörte sich auch nicht familienfreundlicher an. Egal. Die Wahrheit musste die Wahrheit bleiben. Mich schüttelte es. Ich hoffte, dass Kasch so betäubt gewesen war, dass er nichts gemerkt und keine Schmerzen gehabt hatte. Was Iffi Falkenberg wohl dazu sagte, dass das Objekt ihrer Begierde in einem Backofen gebrutzelt worden war?

> Die Ermittlungen stehen erst am Anfang. Im Fokus ist eine Frau, die Pfarrer Kasch seit mehr als einem Jahr mit Briefen, Anrufen, Geschenken und Tänzen belästigt und verfolgt hat. Kasch hatte Anzeige wegen Stalkings erstattet. Dass diese Frau etwas mit der schrecklichen Tat zu tun hat, scheint jedoch unwahrscheinlich. Die Polizei hat ihr Alibi überprüft und bezeichnet es – so wörtlich – als felsenfest.
>
> Pfarrer Kasch arbeitete für die evangelische Kirche als Seelsorger in einem Seniorenzentrum. Er lebte zurückgezogen in einem kleinen Haus in Bierstadt.

Was war das felsenfeste Alibi von Iffi Falkenberg? Ich musste es unbedingt herausbekommen.

Mörderische Kinderverse

»Das ist ja furchtbar, das mit dem Pastor«, empfing mich Frau Schmitz am Morgen und wedelte mit dem *Tageblatt.* »Wie ist er denn genau verbrannt?«

Ihr Interesse an mörderischen Details war schon immer sehr ausgeprägt gewesen. Ich stillte ihre Neugier.

»Den Kopp im Ofen?«, rief sie. »Ich hab mal von einem Fall gehört, dass ein Koch seine Frau in den Backofen gesteckt hat. Auch nicht schön. Da gibt es doch diesen Kindervers: *Ilse Bilse, keiner willse. Kam der Koch, nahm sie doch, steckt sie in das Ofenloch.* Hast du ein Foto gesehen?«

»Hab ich nicht, Frau Schmitz. Und jetzt frag bitte nicht, ob es Umluft oder Unter- und Oberhitze war. Außerdem krieg ich nichts mehr zu sehen, jetzt, wo er weg ist.«

Er. Sie verstand. Die Zeiten, in denen sie uns Frühstück für zwei zubereitete, waren erst mal vorbei. Mein langjähriger Gelegenheitsliebhaber Friedemann Kleist bastelte zusammen mit anderen Experten an dem Aufbau einer Antiterroreinheit. Die Aufgabe hatte höchste Priorität, seit deutsche Konvertiten in Syrien und im Irak eine Terrorausbildung genossen hatten und mit Anschlägen in Deutschland drohten.

»Wo isser eigentlich?«, wollte die Bäckerin wissen.

»In Syrien, im Irak oder in den USA? Ich habe keine Ahnung, Frau Schmitz. Er meldet sich, wenn es ihm passt. So haben wir es vereinbart.«

»Hältst du das denn durch, Frau Grappa?«

»Mir bleibt nichts anderes übrig«, seufzte ich. »Ich habe seine aktuelle Handynummer nicht und auch sonst keine Informationen.«

»Aber vermissen tust du ihn schon, oder?«

»Ach, was«, wiegelte ich ab. »Sehnsucht wird überschätzt.«

»Ja, Frau Grappa, ich verstehe. Du bist eine ganz Harte.«

»Genau.«

Ich frühstückte in Ruhe. Heute standen ein Interview mit der Haushälterin des Pfarrers und weitere Recherchen über Iffi Falkenberg an. Ich zahlte und fuhr los.

Kam der Koch, nahm sie doch, steckt sie in das Ofenloch. Früher ließen sich die Menschen noch richtig romantische Kinderreime einfallen, überlegte ich und musste trotz des makabren Aspekts grinsen.

Heiß wie die Hölle

Wir passten sie ab, als sie sich Kaschs Haus näherte. Haushälterin Eva Przygode war auskunftsfreudig. Sie war um die vierzig, trug eine bunt geblümte Kittelschürze und Gesundheitsschuhe. Ihre Stimme war fast männlich.

»Ich komme jeden Tag für vier Stunden«, berichtete sie.

Wayne und ich saßen in der Wohnküche des Pfarrers auf einer Eckbank. Die Örtlichkeit war von der Spurensicherung freigegeben worden, aber der Backofen war noch vom Kontrastpulver verschmiert.

»Wie war er denn so?«, fragte ich.

»Korrekt.«

Eine ziemlich kurze Antwort.

»Was heißt das?«

»Der Pastor war eben korrekt. Die Bezahlung stimmte und es gab wenig Ärger. Er aß das, was ich kochte, und meckerte nicht rum, wenn ich mal was vergessen hab.«

»Sie haben ihn gefunden. In diesem Backofen?«

»Ja. Als ich ins Haus kam, dachte ich, dass er sich selbst etwas zu essen macht, weil es nach Braten roch. Und dann entdeckte ich die Bescherung. Sein Gesicht war fast schwarz.«

»Ja, grauenvoll«, murmelte ich. »Es muss ein Schock für Sie gewesen sein, das sehen zu müssen.«

»Ich hab erst mal geschrien und ihn da rausgezogen und die Hitze abgestellt. So heiß muss es in der Hölle sein.«

»Haben Sie die Sache mit der Frau mitbekommen, die den Pfarrer verfolgt hat?«

Sie lachte. »Klar. Das haben ja alle in der Straße mitbekommen. Sogar seinen Arbeitsplatz hat er wegen der wechseln müssen. Dass sich eine alte Frau so benimmt! Irgendwann ist er zur Polizei gegangen, aber es hörte nicht auf. Die machte immer weiter. Laute Musik, halb nackt kam die her und dann diese Geschenke. Blumen, Fotos von ihr und selbst gebackene Plätzchen. Und Kondome.«

»Fotos? Hat er die behalten?«

»Ich denk, die hat er alle der Polizei gegeben.«

»Können Sie nicht mal nachgucken? Vielleicht gibt es ja doch noch welche. Uns interessieren auch Fotos, auf denen der Pfarrer drauf ist. Also welche von früher.«

Sie zögerte.

»Tun Sie mir den Gefallen. Wir wollen doch den Mörder oder die Mörderin finden. Wir zahlen Ihnen auch ein Informationshonorar für Ihre Mühe.«

Die Aussicht auf ein paar Euro half. »Na gut, ich guck mal.«

Nachdem sie die Küche verlassen hatte, machte Wayne Fotos vom Backofen. Ich öffnete die Tür und ein Geruch von gebratenem Fleisch schlug mir entgegen. Ich würgte.

»Reiß dich zusammen, Grappa«, sagte Wayne. »Kotz hier bloß nicht rum. Denk einfach, du seist auf einer Grillfete.«

Ich lachte hysterisch. »Grillfete der Schwerbrandverletzten? Das hatten wir doch erst. Was für eine merkwürdige Duplizität der Ereignisse!«

»Grappa!!! Komm wieder runter! Wir sind hier gleich fertig.«

Wir hörten die Schritte der Haushälterin auf der Treppe.

»Ich hab tatsächlich welche gefunden«, sagte Eva Przygode und reichte uns zwei Fotos.

Das erste zeigte einen wesentlich jüngeren Guido Kasch zusammen mit einem ebenfalls jungen Mann, der auf einer hölzernen Bank saß. Kasch hatte die Hand auf die Schulter des anderen gelegt. Beide lächelten in die Kamera.

»Das war während des Studiums«, berichtete sie. »Sein bester Freund – so sagte er immer. Als ich ihn fragte, ob der Freund nicht mal zu Besuch kommen wolle, meinte er, dass er ihn aus den Augen verloren habe. Hab mich gewundert – wo er doch der beste Freund von dem Pastor gewesen sein soll.«

Ich betrachtete den Unbekannten. Schmächtiger als Kasch,

wohl auch kleiner. Er hatte lockiges dunkles Haar und große dunkle Augen mit schweren Lidern. Während Kasch leger gekleidet war – T-Shirt, Jeans und Sportschuhe – trug der andere Anzug, Hemd und eine Fliege.

Ich drehte das Foto um. *Seminar 1982* – war dort vermerkt worden. Ich rechnete kurz. Kasch war vierundzwanzig Jahre alt gewesen, als das Foto gemacht wurde.

»Hat er mal den Namen des Freundes genannt?«

Die Haushälterin schüttelte den Kopf.

Ich schaute mir das zweite Bild an. Ein Zeltlager. Kasch in mittlerem Alter von Jungen umringt. Die Kinder machten Späße vor der Kamera. Einer zog eine Fratze, ein anderer verpasste dem Pastor Öhrchen, indem er den erhobenen Arm hinter dessen Rücken versteckte und zwei Finger über dem Kopf herausschauen ließ. Die Szene spielte auf einem waldigen Gelände. Im Hintergrund einige Zelte, eine abgebrannte Feuerstelle und ein junges Mädchen, das ein Tablett mit Geschirr trug.

Ferienfreizeit 1992 Lüdenscheid.

»Mehr Fotos gibt es nicht?« Ich ließ die Bilder in meine Handtasche gleiten.

»Nein, mehr hab ich in seinem Sekretär nicht gefunden«, erklärte Frau Przygode.

»Gibt es vielleicht Briefe? Briefe an seinen besten Freund?«, hakte ich nach.

»Die kann ich nicht rausgeben«, sagte die Frau empört. »Das ist doch privat. Außerdem hat der Pfarrer ja nichts getan. Er ist tot, jemand hat ihn umgebracht. Was wollen Sie mit seinen Briefen?«

»Mir ein Bild von ihm machen. Das Motiv finden. Und das liegt oft im Opfer begründet.«

»Nee, lassen Sie mal gut sein. Und die Fotos will ich auch wieder. Und Geld will ich auch nicht. So.«

»Ich muss mal dringend auf die Toilette«, sagte Pöppelbaum. »Ganz dringend.«

»Aus der Küche raus, den Flur durch und dann links.«

Wayne ging dicht an mir vorbei, griff sich meine Tasche und verschwand.

»Sagen Sie mal«, sagte ich, um Zeit zu gewinnen, »hat dem Pastor das Haus gehört? Und wenn ja, wer erbt es dann?«

»Was weiß ich?« Frau Przygodes Auskunftsfreude tendierte gegen null. »Und jetzt gehen Sie bitte.«

»Ich warte nur noch auf meinen Kollegen.«

Ich hörte Schritte auf dem Flur und atmete durch.

»Da bin ich wieder«, sagte Wayne lächelnd und drückte mir hinter seinem Rücken die Tasche in den Arm. »Sollen wir los, Grappa?«

»Klar. Und hier haben Sie die Fotos zurück, Frau Przygode«, sagte ich und zog die Bilder aus der Tasche. »Sie sehen, dass wir seriöse Journalisten sind. Und noch mal vielen Dank für das Gespräch.«

Wir machten, dass wir wegkamen.

»Das war knapp«, stellte Wayne fest, als wir im Vorgarten standen.

»Allerdings, mir zittern jetzt noch die Knie.«

Im Auto zeigte er mir die Fotos von den Fotos, die er auf dem Klo gemacht hatte. Sie waren fast so gut wie die Originale und er hatte auch die Rückseiten nicht vergessen.

»Klasse, Wayne!«, lobte ich.

»Danke, Grappa-Baby«, grinste er. »Es geht doch nichts über korrekten Journalismus!«

Öffentliches Geheimrezept

In einer Imbissbude bestellten wir uns Currywurst und Pommes. Der Laden hatte in der *Currywurst-Challenge* des *Tageblattes* zugunsten des Bierstädter Katzenschutzvereins den ersten Preis gewonnen. Die Leser hatten ihre Lieblingsbude genannt und ein Knipser sie beim Essen der Wurst abgelichtet. War das Foto dann veröffentlicht worden, hatte der Leser mindestens fünf Euro gespendet und der Verlag dieselbe Summe obenauf getan. Zum Ende der Aktion hatte es dann ein Ranking gegeben.

»Die ist wirklich nicht übel«, kaute Wayne. »Genau die richtige Schärfe. Und die Sauce ist genial.«

»Ja, kann man essen«, murmelte ich. »Weißt du was? Irgendwas stimmt mit diesem Pastor nicht.«

»Warum?«

»Kinderferienlager. Pastor. Neunzigerjahre. Kleine Jungs mit kleinen Knackärschen.«

»Nicht alle Geistlichen vergreifen sich an kleinen Kindern«, entgegnete Wayne. »Aber ich verstehe, was du meinst. Diese Gedanken kommen einem automatisch in den Kopf. Ist bei mir auch so.«

»Das Ferienlager hat 1992 in Lüdenscheid stattgefunden. Es muss doch rauszukriegen sein, ob es da irgendwelche Vorfälle gegeben hat.«

»Boah«, stöhnte Wayne. »Diese Soße ist zum Reinsetzen. Was ist da alles drin?«

Die Inhaberin winkte ab. »Geheimrezept. Kannst du aber bei uns kaufen.« Sie zeigte auf ein Regal mit sorgfältig gestapelten Gläsern.

»Nun sag schon. Wir haben euch schließlich zum Gewinner der *Currywurst-Challenge* gemacht.« Pöppelbaum deutete auf das *Tageblatt*-Logo auf seiner Fototasche.

»Na gut. So eine Soße ist gar nicht so schwer. Da ist Cola drin, Currypulver, Ketchup, Zitronensaft, roter Pfeffer und ein bisschen Zucker. Das ist es schon. Hier, ich hab's zufällig aufgeschrieben.«

Die Königin der Currywürste schnappte sich das oberste Blatt von einem Stapel. Das Rezept war so geheim, dass es in zahlreichen Kopien griffbereit vorlag.

Frauen stalken mit Fantasie

Trotz meiner Recherchen zum Tod von Guido Kasch musste ich mich weiter um die Stalkingserie kümmern. Ich hatte etwa zwanzig Nachrichten in meinem Mailaccount, in denen mir Stalkingopfer ihre persönlichen Leidensgeschichten mitteilten. Nachdem ich sie überflogen hatte, war mir klar, dass in neunzig Prozent der Fälle Männer die Täter und Frauen die Opfer waren. Ein Fall fiel aus dem Rahmen, und in dem war ein Mann das Opfer. Er hatte sich von seiner Frau getrennt und lebte mit einer anderen zusammen. Nachdem die verlassene Ehefrau sich von der Scheidung erholt hatte, veranstaltete sie den großen Rundumschlag. Sie bestellte Sadomaso-Sexspielzeug auf die Adresse des Mannes, gab eine Todesanzeige auf den Namen seiner neuen Frau in der Zeitung auf und plakatierte deren Handynummer in dem Viertel, in dem alle drei wohnten, mit dem Hinweis: *Haben Sie Lust auf tabulosen Sex?* Als das genervte Paar in einen Urlaub flüchtete, nahm sie einen Hausschlüssel, den ihr Exmann zurückzufordern vergessen hatte, und tobte sich in der Wohnung aus. Volles Programm: Sprühfarbe an den Wänden, herausgerissene Pflanzen und zerschnittene Kleider.

Bewundernswert! Frauen entwickelten beim Stalking wesentlich mehr Kreativität als Männer. Die reagierten oft nur mit dumpfer Gewalt.

Der Mann hatte Fotos mitgeschickt, die die Zerstörungen zeigten. Besonders gut gefielen mir die Kressesamen, die seine Ex üppig auf ein weißes Stoffsofa gestreut und sorgfältig gegossen hatte. Der Begriff *Wohnlandschaft* bekam plötzlich eine besondere Bedeutung.

Ich übergab die Story an Bärchen Biber und erklärte ihm die Gründe. Er konnte sich bestimmt besser in die Lage eines gequälten Ehemannes einfühlen als ich.

Am Abend postete ich das Foto vom Ferienlager 1992 in Lüdenscheid auf Facebook.

Teilnehmer einer Ferienfreizeit (Zeltlager) im Jahr 1992 im sauerländischen Lüdenscheid gesucht. Erkennt sich jemand auf diesem Foto? Der Leiter der Freizeit war ein evangelischer Pfarrer (der große Mann in der Mitte des Fotos). Bitte melden als Privatnachricht. Bitte teilen.

Angesichts meiner fünfhundert Facebook-Freunde, von denen ich nur zehn Prozent persönlich kannte, müsste die Aktion eigentlich erfolgreich werden.

Tatsächlich bekam ich kurz vor Mitternacht eine erste Antwort.

Ich habe mich auf dem Foto wiedererkannt. Ja, das war 1992 in Lüdenscheid. Ein Zeltlager mit 30 Jungen. Es war toll. Wir haben jeden Tag Ausflüge gemacht und Sachen erlebt, die wir sonst nicht hätten erleben können. Warum suchen Sie die Teilnehmer von damals?

Sollte ich bei der Wahrheit bleiben? Ja.

Ich antwortete:

Der Pfarrer auf dem Foto heißt Guido Kasch. Er ist ermordet worden. Ich schreibe einen Artikel über das Verbrechen. Können Sie mir bitte Ihre Telefonnummer geben?

Ich wartete bis gegen zwei Uhr morgens auf eine Antwort. Doch es geschah nichts.

Ein Ferienlager mit tödlichem Schönheitsfehler

Noch vor dem Frühstück stürzte ich an den Rechner. Ja, der Typ hatte sich wieder gemeldet.

Guten Tag, vielen Dank für die Antwort. Habe von dem Mord an Pfarrer Kasch nichts mitbekommen. Das ist ja schrecklich. Wie ist er denn ums Leben gekommen? Er hat mir damals sehr geholfen. Rufen Sie mich an, vielleicht kann ich Ihnen bei Ihrer Recherche helfen. Dr. Thomas Breitenbach

Er hatte eine Handynummer angegeben. Ich googelte den Namen. Dr. Thomas Breitenbach war Arzt für Innere Medizin an einer Universitätsklinik im Ruhrgebiet.

Ich brühte mir einen starken Kaffee, um einigermaßen wach zu werden. Dann wählte ich die Nummer und hatte Glück: Er ging sofort ans Telefon. Ich erklärte ihm die Umstände von Pfarrer Kaschs Tod, erwähnte aber die Stalkerin nicht.

»Wir rätseln alle, ob der Pastor einen Feind hatte, der in der Lage wäre, ihn auf eine so bestialische Weise umzubringen. Es gibt wenige Informationen über sein Leben. Ich bin dann auf dieses Foto vom Ferienlager gestoßen. 1992 in Lüdenscheid. Gab es während dieser Freizeit irgendwelche Vorkommnisse? Etwas Ungewöhnliches oder Sonderbares?«

»Nein. Es war ein tolles Erlebnis. Ich erinnere mich gern daran. Das Wetter war gut, ich war damals vierzehn Jahre alt und zum ersten Mal ohne meine Eltern in Urlaub.«

»Sie haben erwähnt, dass Pfarrer Kasch Ihnen geholfen hat. Wobei?«, fragte ich.

»Ich war damals in ein Mädchen verliebt. Die war schon sechzehn.« Breitenbach lachte. Ein angenehmes Lachen. »Heute würde man sagen, dass ich ihr nicht cool genug war. Jedenfalls hat mich der Pastor getröstet, und zwar auf eine Art, die nicht so belehrend war wie die meiner Eltern.«

Ich schaute auf das Foto. »Welcher der Jungen sind Sie denn?«

»Der große mit dem blonden Lockenkopf und dem Stirnband in der dritten Reihe von unten beziehungsweise in der ersten Reihe von oben.«

»Niedlich«, urteilte ich. »Fällt Ihnen noch irgendetwas ein, was im Zusammenhang mit dem Feriencamp steht? Gab es irgendwelche Übergriffe von den Betreuern?«

»Sie denken an sexuellen Missbrauch?«

»Ja.«

»Nein, da ist nichts vorgefallen. Da bin ich mir ganz sicher. Keiner der Jungs ist belästigt worden, das hätte sich herumgesprochen. Alles war in Ordnung.«

Ich bedankte mich und fragte: »Was ist aus der Sechzehnjährigen geworden, in die Sie verliebt waren?«

Breitenbach lachte. »Die habe ich geheiratet. Wir haben zwei Kinder und sind sehr glücklich.«

Nach der Konferenz Kaffee in der Kantine.

»Du verrennst dich da in was«, sagte Pöppelbaum, als ich ihm von meiner Facebook-Aktion erzählte. »Was hat ein Ferienlager vor zweiundzwanzig Jahren mit einem schrecklichen Mord von heute zu tun?«

»Das will ich ja gerade rauskriegen.«

»Aber warum?«

Ich überlegte. Die Antwort war nicht einfach. »Nennen wir es mal Bauchgefühl«, sagte ich. »Der Pfarrer war mir nicht wirklich sympathisch.«

»Du magst doch eh keine Pfaffen, Grappa«, erinnerte mich Wayne. »Dein Bauch in allen Ehren – aber sind es nicht eher Vorurteile, die dich antreiben? Wenn du den Kirchen eins reinwürgen kannst, bist du doch immer sofort dabei!«

»Sagen wir mal, dass ich kritisch bin. Und ich kann dir auch erklären, warum. Weil die Kirche ihren moralisch-ethischen Anspruch zwar ständig auf dem Schild trägt, sich aber gegenteilig verhält. In Nahost werden Christen von Terroristen abgeschlachtet. Der Vatikan ist ein Staat in Italien. Im Vatikan gibt es sehr viele schöne Gebäude. Und sehr viele schöne Kirchen. Warum öffnet Papst Franziskus diese Räume nicht für die verfolgten Christen?«

»Ja, er hält sich sehr zurück«, räumte Wayne ein. »Und am Geld kann es nicht liegen. Die katholische Kirche ist ein Milliardenladen.«

»Eben. Die christlichen Tugenden sind Glaube, Hoffnung und Liebe. Gehören zur Liebe nicht auch Barmherzigkeit und Mitleid den verfolgten Christen gegenüber? Warum passiert da nichts in Rom?«

Er seufzte. »Das weiß ich leider nicht. Pfarrer Kasch war übrigens ein evangelischer Pastor.«

»Das weiß ich. Aber auch die Protestanten unterstützen die verfolgten Christen enorm dezent.«

Sarah stürzte auf uns zu, in der Hand ein drahtloses Telefon. »Ein Anruf für dich. Der Herr behauptet, es sei wichtig.«

Ich nahm den Hörer und meldete mich.

»Mein Name ist Philip Most. Es geht um das Ferienlager in Lüdenscheid. Ich war dabei. Haben Sie das Foto gerade griffbereit?«

»Moment.« Ich aktivierte die Bildfunktion auf meinem Smartphone. »Jetzt ja. Ich stelle das Telefon laut, damit mein Kollege mithören kann.«

Most hatte nichts dagegen. »Also, ich war damals sechzehn. Ich bin der Kleine mit den dunklen Haaren in der ersten Reihe – etwa in der Mitte – mit dem Palästinensertuch um den Hals. Sehen Sie mich?«

Ja, ich hatte ihn entdeckt.

»Da ist im Hintergrund ein Mädchen«, redete er weiter.

»Ja, es trägt ein Tablett mit Geschirr.«

»Das war Nanette. Eine französische Austauschschülerin, die in dem Lager als Helferin jobbte. Sie war eines Tages weg, einfach verschwunden. Alle dachten, dass sie auf den Job keine Lust mehr hatte und auf uns auch nicht. Jungen von vierzehn bis siebzehn sind ja nicht ganz einfach. Reine Testosteronschleudern. Zwei Jahre später hat man das Mädchen tot im Wald gefunden. Gar nicht weit von dem Zeltplatz. Sie war also nicht abgehauen, sondern verstorben. Unfall oder Mord. Der Fall wurde meines Wissens nie aufgeklärt.«

Mir lief es kalt den Rücken hinunter.

»Die Todesursache konnte nicht festgestellt werden, weil der Todeszeitpunkt zu weit zurücklag und der Zustand der Leiche entsprechend desolat war. Zwei Jahre im Wald – dem Wetter und den Tieren ausgesetzt, da bleibt nicht mehr viel Material für die Rechtsmedizin. Erst ein DNA-Test brachte die Gewissheit, dass es sich um dieses Mädchen aus Frankreich handelte.«

»Es gab doch sicher ein Ermittlungsverfahren.«

Einzelheiten wusste er nicht.

»Wie haben Sie nach zwei Jahren davon erfahren?«

»Zufällig. Durch eine kleine Notiz in der Lüdenscheider Lokalzeitung.«

Grübeln über die Motivlage

Ich zog mich in mein Büro zurück. Ein französisches Mädchen, das vor zweiundzwanzig Jahren ums Leben gekommen war. In meinem Hirn explodierten gleich mehrere Szenarien, die alle mit dem Tod von Pastor Kasch zu tun hatten. Aber nach und nach brachen die Theorien zusammen, weil ihnen das Motiv fehlte. Eine Rachegeschichte? War möglich – aber warum wurde die Rache erst nach zweiundzwanzig Jahren vollzogen?

Es klopfte. Sarah wedelte mit einer E-Mail der Staatsanwaltschaft. Ich riss ihr das Papier aus der Hand.

Neue Erkenntnisse über die Straftat zum Nachteil von Guido Kasch – war der Text überschrieben.

Die Ermittlungsbehörden hatten die Mobilfunkdaten des getöteten Pastors ausgewertet. Sie hatten auch ein Video freigegeben, das der Pfarrer kurz vor seinem Tod gemacht hatte. Sie fragten, ob jemand die gefilmte Person erkannte. Ich fuhr meinen Rechner hoch und öffnete den Film.

Halbdunkel. Nur das Licht der Straßenlaterne erhellt die Szene. Eine Gestalt, unscharf, die ein Mann oder eine Frau sein kann, nähert sich dem Haus. Sie hat ein großes Radio dabei, stellt es ab und drückt den Startknopf – mit der linken Hand. Die Person tanzt. Am Handgelenk blitzt etwas auf, vermutlich eine Armbanduhr. Die Musik ist nicht zu hören, sodass alles unwirklich wirkt. Die Bewegungen sind alles andere als harmonisch, eher chaotisch. Ende.

Iffi Falkenberg bewegt sich anders, dachte ich. Ich schrieb einen kurzen Artikel und stellte das Video auf die Homepage des *Bierstädter Tageblattes.* Meine Informationen über das Ferienlager in Lüdenscheid und den Tod der Französin Nanette vor zweiundzwanzig Jahren behielt ich für mich.

Ich verglich das neue Video mit dem, das mir Kasch bei unserer ersten Begegnung gegeben hatte. Die beiden Tänzerinnen bewegten sich völlig unterschiedlich. Hatte sich jemand als Iffi Falkenberg verkleidet, um sich Guido Kasch nähern und ihn dann umbringen zu können?

Unfall beim Aufpimpen

Früh morgens – also so gegen acht Uhr – färbte ich mir die Haare und rieb mein Gesicht mit einem Peeling ein, das zehn Minuten einwirken musste und dann mit warmem Wasser und sanfter Massage entfernt werden sollte. *Peel dich schön!*, so das Versprechen des Herstellers. Für alle Fälle ließ ich die Masse doppelt so lange drauf. Im Garten legte ich mich in den Liegestuhl und döste weg.

Als ich aufwachte, konnte ich mein Gesicht nicht mehr bewegen, geschweige denn sprechen. Panisch drückte ich mir ein großes Handtuch auf die Haut, das ich vorher in warmem Wasser eingeweicht hatte. Nach einigen Minuten schien das Peeling etwas geschmeidiger zu werden und ich verfügte wieder über eine – wenn auch leicht eingeschränkte – Mimik.

Sanft befreite ich mich von dem Zeugs. Danach sah ich aus wie ein Hummer, der gerade aus heißem Wasser geholt worden war. Ich versuchte, meine aufgeregte Haut mit einer kühlenden Aloe-vera-Creme zu beruhigen, die tatsächlich half. Eigentlich hatte ich noch ein Schönheitsbad nehmen wollen, doch ich hatte keine Lust mehr auf Experimente. Ich packte meine Sachen und steuerte mein Frühstücksbistro an. Immerhin konnte ich bei Frau Schmitz mit Neuigkeiten aufwarten.

»Frau Grappa, wie isses?«

»Gut. Und selbst?«

»Muss. Frühstück wie immer?«

Ich nickte.

Sie musterte mich. »Hast du zu lange in der Sonne gelegen, Frau Grappa?«

»Vermutlich«, antwortete ich.

»Das ist nicht schön wegen Hautkrebs«, enthüllte sie. »Die Haut merkt sich alles, was ihr so angetan wird im Leben. Und irgendwann kommt das über den Krebs dann raus. Du musst jetzt viel trinken, Frau Grappa, um den Flüssigkeitsverlust auszugleichen.«

»Mach ich, Frau Schmitz. Die Weinflaschen stehen schon im Kühlschrank.«

Sie verzog das Gesicht, sparte sich aber weitere Ermahnungen, denn der Eierkocher in der Küche gab einen Pfeifton von sich.

Ich verzog mich ins Bistro.

Zwei gestylte Tussen Marke *Bierstädter Süden* stöckelten in den Raum, ließen sich nieder, griffen zur Zeitung und lasen sich gegenseitig ihre Horoskope vor. Etwa mein Alter, aber sonst ganz anders. Sonnenbankbraun statt hummerrot, platinblond statt Kupfer, schweres Parfum statt Arztseife und French Manicure statt kurzer Fingernägel. Der feuerrote Mercedes SLK parkte direkt vor der Bäckerei. Wie waren die beiden bloß hierhergeraten?

Ich lauschte ihrem Gespräch.

»Raschid ist genial«, flötete die erste. »Er beherrscht den *herabschauenden Hund* wie kein anderer.«

Yoga, erkannte ich messerscharf.

»Du musst unbedingt mal zum Schnupperkurs vorbeikommen«, ging es weiter. »Das *Shikharini Parivartanasana* wäre echt was für dich. Es öffnet das Herz, verbessert die Balance, dehnt den Ischiasnerv und fördert deine Beweglichkeit. Und das kannst du ja brauchen, oder?«

Frau Schmitz kehrte zurück und nahm die Bestellung der beiden Frauen auf. Auch zwei Piccolöchen sollten es sein.

Frau Schmitz kniff mir ein Auge zu, als sie mein Grinsen sah. »Die kommen wegen der Bauarbeiter da drüben«, flüsterte sie.

Ach ja, der Bürokomplex. Ich guckte näher hin. Lecker Jungs bei der Arbeit. Braun gebrannt und obenrum leicht bekleidet. Waschbrett ohne Muckibudenmief.

»Nee, oder?«, fragte ich ungläubig.

»Doch«, griente sie. »Ich muss weitermachen, Frau Grappa. Du hast ja jetzt was zu gucken.«

Die Frauen tuschelten, kicherten, schauten aus dem Fenster und fotografierten mit ihren Handys.

Frau Schmitz unterbrach meine soziologischen Studien und brachte das Frühstück. Der Kaffee duftete göttlich und das Rührei mit Schinken war so, wie ich es mochte: gut durch und leicht gebräunt. Das Leben war schön!

In der Redaktion schlug Wayne vor: »Lass uns endlich zu Iffi Falkenberg fahren.«

»Das ist eine super Idee«, sagte ich begeistert. So konnten wir der Redaktionskonferenz entgehen. »Ich sag eben Bescheid, dass wir schon auf Recherche sind.«

»Mach das.« Er schaute mich prüfend an. »Was hast du mit deinem Gesicht gemacht, Grappa?«

»Leichter Sonnenbrand. Ist morgen wieder vorbei. Treffen wir uns am Wagen?«

Ich informierte Sarah. »Der Chef kommt sowieso später, der ist nämlich zum Arzt«, teilte sie mit. »Er ist immer noch schwer angeschlagen, pfeift aus dem letzten Loch und rotzt massenhaft Taschentücher voll.«

»Da muss er durch.« Mein Mitleid hielt sich in Grenzen.

»Er ist am nettesten, wenn es ihm schlecht geht«, meinte Sarah nickend.

Hinter dem Hauptbahnhof führte eine lange Straße in den Norden der Stadt. Durchweg ältere Häuser, kommunaler Wohnungsbestand, der in den letzten Jahrzehnten nach und nach renoviert und aufgehübscht worden war. Dazwischen schnell hochgezogene Billigbauten, in deren Erdgeschossen Kleingewerbe blühte: Spieloasen, Friseur- und Secondhandläden, Kinos, Wettbüros, Bäckereien und Schnellimbisse aller Richtungen – Burger, Döner, Sushi.

Die Armutsflüchtlinge aus Südosteuropa gaben dem Straßenbild eine exotische Note. An dunkel gekleidete Kopftuchfrauen hatten sich die Bierstädter schon gewöhnt, die Roma-Frauen dagegen liebten es bunt und golden auf Kleidern, an Armen und Händen. Die neuesten Flüchtlinge aus Syrien und dem Irak hatten es in diesen Stadtteil noch nicht geschafft – sie wohnten in den Erstaufnahmestellen.

»Hätten wir nicht vorher anrufen sollen?«, unterbrach Wayne meine Gedanken.

»Ach was. Überraschungsbesuche kommen immer besser. Da kann sich keiner eine Geschichte zurechtlegen. Und ich sage dir eins: Wenn die Falkenberg in irgendeiner Weise was mit dem Ferienlager in Lüdenscheid zu tun hat, dann bin ich doch auf der richtigen Spur. Dann hat sie ihn umgebracht – fragt sich nur, wie.«

Das Navi quäkte: »Im Kreisverkehr nehmen Sie die dritte Ausfahrt.«

Wenn Klischees platzen

»Von der Zeitung sind Sie?«, fragte Iphigenie Falkenberg. »Es geht wahrscheinlich um Pfarrer Kasch. Kommen Sie doch herein.«

Die coole Reaktion auf unser Auftauchen überraschte mich.

Sie ging voran. Ihr Gang war leicht und sportlich, nicht der Gang einer Frau um die siebzig. Überhaupt wirkte sie jugendlich. Sie war mittelgroß und schlank. Ihr Haar war zwar grau, aber voll und zu einer modernen Frisur geschnitten. Ihre dunkelblauen Augen waren von vielen Fältchen umgeben, aber sie strahlten. Sie hatte nichts mit der lächerlichen Person gemeinsam, die mir Kasch auf dem Video gezeigt hatte.

Das Wohnzimmer war groß, sparsam und geschmackvoll möbliert. Moderne Kunst an den Wänden. Keine Drucke oder Kopien, sondern echte Gemälde auf Leinwand. Bücherregale.

»Wollen Sie einen Kaffee?«

»Ja, gern.«

Sie entschwand leichtfüßig Richtung Küche. Zeit, mir die Bücher näher anzuschauen. Klassiker, moderne Erzähler, die ich zwar dem Namen nach kannte, aber nie gelesen hatte. Dazu gehobene Science-Fiction- und ein paar Entwicklungsromane. Wayne machte Fotos ohne Blitz und Geräusch.

»Beeil dich«, flüsterte ich, denn ich hörte sie zurückkommen.

Sie stellte die Tassen auf den Couchtisch und setzte sich. »Warum sind Sie hier?«

»Herr Kasch hat mich kurz vor dem Mord angerufen und mir auf die Mailbox gesprochen. Ich spiele Ihnen die Nachricht mal vor ...«

Frau Grappa, sie ist wieder da. Direkt vor dem Haus in meinem Vorgarten. Wenn Sie Fotos machen wollen, dann kommen Sie bitte sofort.

»Wen meint er damit?«, wollte Iffi Falkenberg wissen.

»Sie!«

»Ich war nicht dort. Die Polizei hat das überprüft.«

»Wo waren Sie denn?«

Sie nahm einen Schluck Kaffee. »Ich habe einen Vortrag gehalten. Vor etwa einhundertfünfzig Leuten. Bei der Jahreshauptversammlung der Selbsthilfegruppe für Stalkingopfer. Irene Stein ist die Vorsitzende. Und die Zuhörer können alle bestätigen, dass ich den Saal nicht verlassen habe.«

Eine souveräne Auskunft. Souveräner, als ich es für möglich gehalten hatte. Aber was hatte ich erwartet? Einen Psychofreak, der nicht alle beisammen hatte? Ja. Aber Fehlanzeige. Iphigenie Falkenberg hatte sich im Griff.

»Und warum treten Sie da auf? Sie sind doch kein Stalkingopfer, sondern stalken selbst.«

»Nicht mehr. Außerdem hat man mich um den Vortrag gebeten, damit die Vereinsmitglieder auch die andere Seite kennenlernen. Es gibt nämlich nicht nur Schwarz und Weiß.«

»Was hat Ihnen an Pfarrer Kasch so gefallen?«, fragte ich.

»Eigentlich gar nichts«, lächelte sie. »Genau das ist ein Teil meiner Psychose. Sich angezogen fühlen, um Abstoßung zu erfahren. Aus welchen Gründen auch immer. Ich bin gerade dabei, das alles mithilfe meines Psychotherapeuten herauszufinden.«

»Kasch hat Anzeige erstattet. War Ihnen das nicht peinlich?«

»Was heißt schon peinlich?«

»Dinge, die man tut und später bereut.«

»Ich bin über siebzig. Ich habe in meinem Leben einige Dinge getan, die ich heute bereuen könnte. Kennen Sie das nicht?«

Ich überlegte. Ja, manches in meinem Leben war mir im Nachhinein peinlich. »Nur wer tot ist, kann keine Fehler machen«, entgegnete ich.

»Na, sehen Sie! Dann sind wir uns ja einig.«

»Was werden Sie jetzt tun? Pfarrer Kasch ist tot, Sie haben kein Stalkingobjekt mehr.«

»Sie tun gerade so, als hätte ich mir meine Psychose freiwillig ausgesucht«, sagte sie leise.

»Warum haben Sie diese ... Psychose?«

»Meine Tochter wurde entführt, als sie sechs Jahre alt war. Das war 1967.«

»Von wem?«, fragte ich überrascht.

»Ich weiß es nicht.«

»Und bis heute gibt es keine Spur von ihr?«

»Keinen einzigen Hinweis. Manchmal denke ich, dass es Nelly vielleicht gar nicht gegeben hat. Aber das ist natürlich Quatsch. Wollen Sie ein Foto von ihr sehen?«

Sie stand auf, ging zu einem Sekretär und kehrte mit einem flachen Pappkarton in den Händen zurück. Er enthielt Fotos aus glücklicher Zeit. Iffi Falkenberg als junge Mutter mit Mann und Baby. Baby mit Teddy. Nellys erster Schultag mit Riesenschultüte an der Hand ihrer Mutter.

»Ein hübsches Mädchen«, murmelte ich.

»Ja«, sagte Iphigenie Falkenberg und setzte den Deckel wieder auf den Karton.

»Pfarrer Kasch hat Ihnen zugehört und Sie verstanden. Es

hätte doch eine schöne Freundschaft werden können zwischen Ihnen beiden. Was ist schiefgelaufen?«

»Ich habe das schon in meinem Vortrag neulich erklärt. Kasch war unehrlich. Und nun möchte ich nicht mehr darüber reden. Ich hoffe, Sie verstehen das.«

»Ich habe noch eine andere Frage«, kam ich ihrer Bitte nach. »Es gab vor zweiundzwanzig Jahren ein Ferienlager mit Jungen ganz hier in der Nähe, in Lüdenscheid, das von Pfarrer Kasch geleitet wurde. In diesem Lager ist ein junges Mädchen ums Leben gekommen. Wissen Sie etwas darüber?«

Sie sah erstaunt auf. »Hat sich Kasch etwa schuldig gemacht?«

»Das weiß ich nicht.«

»Da kann ich Ihnen nicht weiterhelfen.« Iphigenie Falkenberg erhob sich. »Und jetzt entschuldigen Sie mich bitte, ich möchte ein paar Tage wegfahren und muss noch packen.«

Wir verabschiedeten uns.

»Eine beeindruckende Frau«, sagte ich, als wir im Auto saßen.

»Stimmt«, nickte Pöppelbaum. »Diese Kinderfotos zu sehen, war ganz schön hart. Du hattest ganz feuchte Augen, Grappa.«

Ein bisschen Spaß muss sein

In der Redaktion brütete Bärchen Biber über seinem Stalkingartikel.

»Na, wie war's?«, fragte ich und klopfte ihm aufmunternd auf die Schulter.

Clarissa Schreiner tauchte ebenfalls auf – in der Hand zwei Pötte Kaffee. Bärchen wusste, wozu Praktikantinnen gut waren.

»Es war gruselig«, erklärte er. »Der Typ ist ein einziges Wrack. Seine Ex hat ihn so was von fertiggemacht und nachweisen kann man ihr gar nichts.«

»So sind wir Frauen nun mal«, tröstete ich ihn. »Psychische Gewalt ist viel wirkungsvoller als physische. Ihr Kerle haut euren Feinden eins auf die Glocke und wir geben falsche Todesanzeigen auf.«

»Das war besonders fies. Die ersten, die diese Anzeige zugeschickt bekamen, waren seine Kollegen und seine neue Frau. Die hat fast einen Zusammenbruch bekommen. Und die Kollegen ...«, er kicherte, »... die haben Sekt kalt gestellt. Besonders beliebt ist der Typ nämlich nicht.«

»Wie sang mein Lieblingsschlagersänger Roberto Blanco noch mal? ›Ein bisschen Spaß muss sein‹.«

»Dann finden Sie solche Aktionen spaßig, Frau Grappa?«, klinkte sich Clarissa Schreiner ins Gespräch ein.

Huch, ich hatte sie verschreckt.

»In gewisser Weise schon«, entgegnete ich. »Über Humor lässt sich allerdings trefflich streiten.«

»Ich hab Clarissa mitgenommen. Damit sie Befragungstechniken lernt«, sagte Bärchen.

»Ja, der Gestank hängt mir noch voll in den Kleidern«, zischte sie.

Ich schnüffelte, roch aber nichts. »Welcher Gestank?«

Bärchen streckte sich auf seinem Stuhl, sodass der in seinen Gelenken quietschte. »Boah, Grappa. Das war der Hammer. Der Typ ist Jäger und hat eine Tiefkühltruhe im Keller seines Hauses – voll mit Fleisch. Die Ex hatte bei ihrem letzten Besuch den Stecker gezogen und er hat den Alarm nicht gehört, weil er ja in Urlaub war und erst vor zwei Tagen zurückgekommen ist. Erst als wir jetzt da waren, ging er in den Keller, um den Aktenordner mit dem Schriftverkehr mit Polizei und Gericht zu holen. Und da sah er die Bescherung. Er schrie und wir sind runter zu ihm. Er hatte die Truhe schon geöffnet und es roch voll nach Verwesung. Stell dir mal vor, dreihundert Kilo verwesendes Fleisch!«

»Und was macht er jetzt damit?«

»Na ja, grillen kann er das Zeug nicht mehr. Ich hab ihm

empfohlen, eine Tatortreinigungsfirma zu engagieren. Die sollen ja schmerzfrei sein.«

»Genau. Wer beruflich Hirnmasse von den Wänden kratzt, hat keinen Ekel vor gegorenem Wildschwein.«

Clarissa Schreiner war bleich geworden. Ihre Hand mit dem Kaffeebecher zitterte. Dann rannte sie aus dem Raum.

»Na also, geht doch«, grinste Bärchen. »Dieses Blondchen geht mir echt auf den Zeiger. Die plappert einen ins Koma.«

»Heute nicht mehr.«

Hilfe aus dem Sauerland

Es geschah ja selten, aber an diesem Samstag überraschte mich Wayne. Er klingelte an meiner Haustür und hatte leckeres Frühstück mitgebracht: Mohnbrötchen von Frau Schmitz, Pumpernickel, Salzbutter, Kaffeesahne, Chili-Honig, Stilton-Käse und Bündnerfleisch.

Ich war völlig baff und parkte ihn erst mal auf dem Balkon, der hinten von der Küche abging. Dann machte ich mich frisch.

Als der Kaffee durchlief, fand ich Worte für meine Verwirrung. »Das ist ja ganz was Neues, Wayne. Aber die Sachen sehen sehr appetitlich aus.«

Wayne feixte. »Keine Angst, das wird keine Gewohnheit. Ich wollte nur mal ganz in Ruhe mit dir über etwas nachdenken.«

»Nachdenken ist immer gut«, meinte ich. »Gibt es denn einen Anlass?«

Wayne versuchte, spitzbübisch auszusehen. »Ich hab von dir geträumt.«

»Mach jetzt keinen Fehler!« Ich warf ihm einen strengen Blick zu.

»Sei unbesorgt, es war ein ganz harmloser Traum.«

»Und ich kam darin vor?«

»Du warst sogar die Hauptperson.«

»Mach mir keinen Kummer.«

»Ich hab ein Stück deiner Vergangenheit geträumt«, lachte er. »Wir kennen uns ja schließlich schon eine ganze Weile.«

»Jetzt bin ich aber gespannt.«

»In dem Traum kam auch ein alter Freund von dir vor.«

»Ich habe keine Freunde!«

»Doch, hast du«, behauptete er.

»Mach mich nicht ungeduldig!«

»Erinnerst du dich an Werner?«

»Was für ein Werner?« Mir wurde es langsam zu viel.

»Hoppenkötter.«

Werner Hoppenkötter. Da klingelte etwas.

»Mit dem hast du doch mal eine Geschichte recherchiert.«

Das stimmte. Aber das war Jahrhunderte her. Ich grübelte.

Wayne half mir auf die Sprünge: »Diese Unterschlagungsaffäre in dem Behindertenheim.«

»Genau. In Lüdenscheid.« Mir fiel alles wieder ein. Werner Hoppenkötter hatte entdeckt, dass sich der Leiter eines Lüdenscheider Behindertenheims aus der gemeinnützigen Kasse bediente. Der Kollege schrieb darüber, auch, dass der Kerl wegen Betruges vorbestraft war. Ich stieg in die Geschichte ein und stärkte Hoppenkötter den Rücken. Trotzdem wurde ihm gekündigt. Dass der Leiter des Behindertenheims seit Jahren zur gleichen Zeit wie Werners Chef Urlaub auf einem Campingplatz in Holland machte, war natürlich Zufall. Ich hatte versucht, Werner mit publizistischer Begleitung zu helfen. Die zahlreichen Arbeitsgerichtsprozesse gewann er dann auch mit Bravour und musste wieder eingestellt werden.

»Du meinst, dass wir Hoppenkötter einspannen sollten?« Ich schaute zweifelnd.

»Klaro. Ich hab seine aktuellen Kontaktdaten recherchiert. Du musst nur noch anrufen.«

In meinem Kopf formte sich ein Bild. Hoppenkötter war

damals ein mageres, lebhaftes Kerlchen gewesen mit schütterem Haar und schiefen Zähnen. Aber wenn er lachte, wurde einem warm ums Herz.

Als ich ihn anrief, waren wir uns überhaupt nicht fremd, trotz der langen Zeit.

Ich setzte ihn kurz ins Bild. Er war sofort sehr interessiert und schlug vor, mich gleich in Bierstadt zu besuchen.

Als er gegen Mittag eintraf, war Wayne schon wieder weg. Vor dem Stadion war es zu Ausschreitungen gekommen und er musste knipsen.

Nach einer ausführlichen Begrüßung und viel Nachfragen über die wechselseitig verbrachten Jahre erzählte ich Werner bei einer Tasse Kaffee vom Mordfall Kasch. Dann sah er sich das Video an, das mir der Pfarrer bei unserem ersten Treffen gegeben hatte.

»Eine lächerliche Tanznummer«, meinte er. »Die passt gar nicht zu der Frau, wie du sie mir eben beschrieben hast.«

»Stimmt. Der reinste Klamauk. Karneval und Ballermann dilettantisch zusammengerührt. Mit einem Schuss Kabarett.«

Er schenkte sich Kaffee nach und überlegte. »Ich stimme dir zu. Die Ereignisse in dem Ferienlager sollten noch mal neu aufgerollt werden. Ich werde unser Archiv zurate ziehen. Wir haben damals ausführlich berichtet über das verschwundene Mädchen. Es ist doch okay, wenn ich dir helfe?«

»Ich kann mir nichts Schöneres vorstellen, lieber Werner«, lachte ich. »Deshalb habe ich dich doch angerufen.«

Nur nicht alle retten müssen!

Die Urlaubszeit war vorbei. Das bedeutete, dass die Redaktion fast wieder vollzählig war. Simon Harras, der den Sport betreute, und Mäggi Wurbel-Simonis, die Verantwortliche für Kultur und Umweltfragen, saßen schon auf ihren Plätzen. Nur Schnack war noch nicht aufgetaucht.

Mäggi war braun gebrannt und total locker, Harras trug den Arm in Gips.

»Was ist denn passiert?«, grinste ich. »Tennisarm vom allabendlichen Besuch des Handmännchens?«

»Freches Biest!«, schimpfte er. »Sportunfall.«

»Eben – das meinte ich doch.«

»Ich war klettern und bin abgestürzt.«

»Tippen kannst du mit dieser Hand nicht. Lass dich doch krankschreiben.«

»Auf keinen Fall. Ich bin froh, dass ich wieder hier sein kann. Ich konnte die eklige, verkackte Harmonie in meinem realen Leben nach zwei Wochen nicht mehr ertragen. Ich will Wut, Missgunst, blöde Sprüche, Streit und Rumgezicke – und das alles kriege ich nur bei euch.«

Prima, alles war wie immer.

»Mäggi, ist bei dir auch alles paletti?«, fragte ich die Kollegin. »Du siehst total entspannt aus.«

»Ja. Ich habe mich gut erholt«, lächelte sie. »Sogar sehr gut.«

»Wo denn?«

»In Kenia. In einem Strandhotel«, erzählte sie mit seligem Gesichtsausdruck. »Es war einfach wunderbar! Diese Natur, das blaue Meer, die Abendstimmung und die freundlichen Menschen … Wenn du willst, kann ich dir ein paar Fotos zeigen.«

»Gerne.«

Sie kramte in Unterlagen, die sie mitgebracht hatte.

»Die sieht gar nicht mehr so untervögelt aus«, raunte mir Wayne zu.

»Pscht.«

»Ach, komm, Grappa. Da ist doch bestimmt was gelaufen. Sie war in Kenia, dem Sexparadies für ältere weiße Frauen.«

Vor meinem geistigen Auge sah ich eine leicht bekleidete Mäggi Hand in Hand mit einem knackigen jungen Schwarzen im Meer planschen.

»Ich würde es ihr gönnen«, meinte ich.

»Wenn sie dir was erzählt, dann will ich es wissen. Jede schmutzige kleine Einzelheit, okay, Grappa?«

»Du kannst mich mal!«

Schnack rauschte ins Zimmer – Bärchen Biber im Schlepptau. »Schön, dass wir wieder einigermaßen vollständig sind. Jetzt können wir terminlich aus dem Vollen schöpfen. Das politische Leben in Bierstadt beginnt auch zu blühen und damit die Themenfülle.«

Was für eine Rede, dachte ich. Das blühende politische Leben in Bierstadt wurde seit Jahrzehnten durch eine sozialdemokratische Mehrheitspartei bestimmt, die mehr schlecht als recht versuchte, die Probleme der Kommune in den Griff zu bekommen. Die Stadt hatte zu viele Schulden, Neonazis beherrschten ganze Stadtteile, Salafisten predigten öffentlich ihren Hass, Hooligans hauten sich bei Fußballspielen regelmäßig was auf die Glocke, Asylbewerber und Armutsflüchtlinge lebten am Rand der Gesellschaft, ohne dass ihnen eine Perspektive geboten wurde. Die Partei sorgte seit vielen Jahren dafür, dass ihre Funktionäre lukrative Posten bekamen und versetzte Parteidiener auf kommunale Schaltstellen. So hatte man den Exparteisekretär zum Hafenchef gemacht, den Exwirtschaftsförderungsdezernenten zum Flughafenboss und den Exstadtkämmerer zum Chef der Stadtwerke.

»Irgendwelche Themenvorschläge?«, fragte Schnack.

»Morgen ist der *Internationale Tag der Wiederbelebung*«, tat Bärchen Biber kund.

»Da sollten wir uns alle anmelden«, warf Wayne ein. »Betriebsausflug.«

Gekicher.

»Allerdings«, meinte Schnack. »Dann würde in diese Runde vielleicht mal wieder Leben kommen. Was meinst du genau, Carsten?«

»Ich hab Kontakt zu einem Reanimationsaktivisten. Er gibt ehrenamtlich Kurse und hat eine interessante Internetseite.

Laienanimation-kann-jeder.de. Er hat es sich zur Aufgabe gemacht, uns alle zu Ersthelfern zu machen. Ist doch eine gute Sache, oder?«, schwadronierte der Chef-Liebling.

Schnack winkte ab. »Passt nicht ins Lebensgefühl, Carsten! Wir haben Sommer und laue Lüfte. Da fällt mir ein, dass der Verlag einen Kollegen von uns zum Erste-Hilfe-Kurs schicken will. Gibt es Freiwillige?«

Schweigen.

»Frau Grappa?«

»Warum ich?«, fragte ich verblüfft.

»Sie haben schon das letzte Feuerlöschtraining geschwänzt«, erinnerte mich mein Chef. »Das lässt Rückschlüsse auf Ihre mangelnde soziale Kompetenz zu.«

»Stimmt, ich bin egoistisch und eine Sozialverbrecherin. Außerdem gehöre ich zu den Illuminaten und hab den Anschlag auf das *World Trade Center* mitgeplant.«

»Echt, Grappa?« Stella war aufgewacht.

Gelächter.

»Ich beginne, mich an Ihren Sarkasmus zu gewöhnen, Frau Kollegin«, sagte Schnack mit Leichenbittermiene. »Was ist nun mit dem Erste-Hilfe-Kurs?«

»Muss ich dann jeden von euch retten?«, fragte ich. »Alle?«

»Ja, auch ihn«, bestätigten Harras und Wayne unisono mit Blick auf Schnack.

»Nee, dann nicht.«

Die Kollegen grinsten.

»Ich finde das nicht witzig, Frau Grappa«, blaffte Schnack. »Was gedenken Sie denn zur morgigen Ausgabe unserer Zeitung beizutragen? Vielleicht ein schriftlich formuliertes Beispiel Ihres brüllenden Witzes?«

»Ich kümmere mich um unsere Serie. Ich nehme Kontakt zu weiteren Stalkingopfern auf. Und ich muss noch einigen Informationen zum Mordfall Kasch nachgehen.«

»Wenn Sie sich nicht ausgelastet fühlen, können Sie ja auch die Leserbriefseite bearbeiten«, brachte Schnack vor.

Du kannst mich mal, dachte ich – zum zweiten Mal an diesem Morgen.

Die Woche fing ja gut an.

Den Rest der Konferenz ließ ich schweigend über mich ergehen, stürzte danach in die Kaffeeküche und kochte mir eine große Kanne voll.

»Kann ich auch einen haben?«, fragte Harras prompt, als ich das Großraumbüro betrat.

»Mach's dir selbst!«

»Grappa! Hast du kein Mitleid mit einem armen Krüppel?« Anklagend hob er den vergipsten Arm. Er hielt mir seinen Becher hin. Der war braun verkrustet, aber das störte den Kollegen offenbar nicht.

Ich goss den Pott voll. »Sonst noch Wünsche?«

»Zurzeit nicht. Sag mal, Grappa, würdest du mich wirklich sterben lassen, wenn ich hier umkippen würde?«

»So einer wie du kippt nicht um … und die Zaubernummer heißt 112.«

Harras ergriff meinen Arm, zog daran und flüsterte: »Guck mal!«

Ich folgte seinem Blick.

Da saß Wurbelchen und schaute verträumt auf ihren Monitor. Der zeigte doch tatsächlich das Foto eines schwarzen Mannes mit freiem Oberkörper. Also doch, dachte ich.

»Ist er das?«, rief Harras zu ihr hinüber.

Sie erschrak, wollte das Foto wegklicken, erwischte aber die falsche Taste. Das Bild wurde größer: Wir erkannten ein gut entwickeltes Sixpack, Bauchmuskeln vom Feinsten. Die drei Grazien aus dem Sekretariat hoben die Köpfe. Schon hatten sie Witterung aufgenommen und sahen sich vielsagend an.

Bei Wurbelchens zweitem Versuch verschwand das Bild und der Monitor wurde schwarz.

»Wer ist dieser Mann, Frau Doktor?«, fragte Stella mit sattem Grinsen.

»Ihr neuer Freund?«, setzte Sarah nach.

Mäggi stand auf und verließ den Raum mit hochrotem Kopf.

»Lasst sie bloß in Frieden!«, zischte ich. »Rumhetzen nur hinter ihrem Rücken und nicht, wenn sie dabei ist, klar? So wie ihr es immer macht, Mädels.«

»Wir hetzen nicht, wir interessieren uns nur für unsere Kollegen«, behauptete Stella. »Sogar für dich, Grappa. Wenn du uns lässt.«

»Jetzt bin ich aber stumm vor Glück«, lächelte ich zuckersüß. »Und damit auch du glücklich wirst, Stella: Tipp die Leserbriefe ab, die mit der Post gekommen sind, und speichere sie als Word-Datei. Ich bringe dir gleich den Ordner. In zwei Stunden brauch ich die Sachen. Alles klar?«

Nellys Schicksal

Ich aktivierte meinen Kontakt zu Irene Stein, der Vorstandsvorsitzenden der Selbsthilfegruppe für Stalkingopfer. Sie bestätigte, dass Iffi Falkenberg den ganzen Montagabend bei der Gruppe geblieben war.

»Sie hat eine interessante Rede gehalten«, schwärmte Stein. »Eine sehr kluge und gebildete Frau. Sie hat ihre eigene Situation voll begriffen. Wir waren alle sehr angetan von ihr.«

»Sie hat jahrelang einen harmlosen Pastor belästigt!«, erinnerte ich.

»Das wissen wir. Sie war aber nie gewalttätig. Und dass sie ein psychisches Defizit hat, ist ihr bekannt und sie arbeitet erfolgreich daran.«

»Ich weiß. Es gibt sogar schon einen Fortschritt, der Pfarrer ist nämlich tot. Wo kein Opfer, da keine Täterin mehr. So kann man es auch sehen.«

»Dafür kann Frau Falkenberg nun wirklich nichts.«

»Gibt es die Rede von Frau Falkenberg in schriftlicher

Form?«, fragte ich. »Ich würde sie gern nachlesen. Aus privatem Interesse.«

»Wir haben sie auf unserer Homepage als PDF-Dokument eingestellt«, sagte Irene Stein. »Sie ist für jeden zugänglich.«

Ich bedankte mich, legte auf und holte mir den Vortrag auf den Schirm:

Stalking ist eine Art Sucht: Man beobachtet den anderen und will über jeden Schritt Bescheid wissen. Der Grund ist eine tief verwurzelte Verlustangst.

In meiner Kindheit war Gewalt an der Tagesordnung. Ich träumte damals oft von einem Retter. Meine Eltern waren für die Rolle nicht geeignet, sie schauten weg und ließen mich allein.

Als ich erwachsen war, wurde mein Leben besser. Ich fand einen guten Mann und bekam mit neunzehn Jahren ein Kind – ein kleines Mädchen. Wir nannten sie Nelly. Ich versuchte, meine Tochter rund um die Uhr zu behüten. Doch als sie sechs Jahre alt war, wurde sie auf dem Heimweg von der Schule entführt. Bis heute ist sie verschollen. Wir haben sie drei Jahre lang gesucht. Mein Mann nahm sich schließlich das Leben und ich verbrachte sechs Jahre in der Psychiatrie. Meine Tochter wäre heute dreiundfünfzig Jahre alt.

Wochen, Monate und schließlich Jahre. Wenn das Telefon klingelte, hoffte ich auf eine Nachricht. Dass sie gefunden worden sei – lebend. Später dann wartete ich auf die Nachricht, dass sie definitiv tot sei. Damit alles ein Ende hatte. Ich habe gebetet, mir den Kopf zermartert, mir die Schuld gegeben, dass sie so vertrauensselig war, Erwachsenen nicht misstraut hatte. War sie mit jemandem mitgegangen? Arglos? Hatte man sie auf der Straße abgefangen, in ein Auto gezerrt? Hatte sie geschrien und sich gewehrt? Und was war danach? Nachdem er sie weggebracht hatte an den Ort, an dem er sie haben wollte? Wann hat er sie zum ersten Mal angefasst? Sie geschlagen? Seine Hände auf sie gelegt? Ich wünschte sogar, dass, wenn meine Ängste zutrafen, Nelly gleich gestorben wäre, damit sie es nicht hatte ertragen müssen, wie er sie quälte. Nachts hörte ich ihre Schreie, wie sie nach mir rief. Draußen suchten meine Augen sie. Ich verfolgte Kinder, die ich nicht kannte, weil der Glanz ihrer Haare mich an sie erinnerte. Oder ihr Gang. Ich bereute, dass ich ihr nicht den kleinen Hund gekauft hatte, den sie sich immer gewünscht hatte. Ich beschuldigte sogar meine Freunde und Bekannten, etwas mit ihrem Verschwinden zu tun zu haben. Irgendwann brach ich zusammen.

Weiter beschrieb Falkenberg, wie sie mithilfe von Therapeuten und Freunden in ein einigermaßen normales Leben zurückgefunden hatte und aus der Psychiatrie wieder in eine eigene Wohnung umsiedeln konnte. Eine enge Beziehung zu Menschen hatte sie nicht mehr eingehen können. Die Angst, erneut jemanden zu verlieren, war zu übermächtig.

Und dann traf sie auf Kasch.

Ich erzählte Pfarrer Kasch meine Geschichte. Er reagierte mit Anteilnahme. Er war der erste Mensch, der wieder zu mir durchdrang. Ich hatte das Gefühl, dass er mich verstand. Natürlich war ich ausgehungert nach Zuwendung. Kein Wunder, dass er mich stark anzog. Nach einer Weile konnte ich nur noch an ihn denken. Man muss wohl sagen, dass ich mich einfach in Kasch verknallte. Aber je weiter ich auf ihn zuging und ihm signalisierte, dass ich mich nach seiner Nähe und nach seinen Berührungen sehnte, desto kühler wurde er. Das stürzte mich in eine Verzweiflung und ich versuchte nun sozusagen mit Gewalt, seine Liebe zu gewinnen. So begann ich, ihm aufzulauern, ich schenkte ihm Blumen, ich sang und tanzte für ihn, aber er mochte das nicht. Das konnte ich nicht begrei-

fen. Er musste mich doch lieben! Ich brauchte es ihm nur klarzumachen. Dann erwirkte er die einstweilige Verfügung. Das Gericht bestimmte, dass ich mich ihm nicht mehr nähern durfte. Das war ein Schock. Mein ganzes Leben verlor seinen Sinn: Das ging doch nicht! Ich weinte drei Tage lang, dann kehrte mein Verstand zurück. Mir wurde klar, dass Kaschs Anteilnahme nicht echt gewesen war. Es war ihm nicht um mich gegangen, sondern er hatte aus seelsorgerischer Routine pastorale Floskeln auf mich abgeschossen und ich hatte die in meinem Zuwendungshunger für echte Sympathie gehalten. Das hatte er zugelassen und darüber wurde ich nun wütend. Ich habe darum das Stalking weiter betrieben, nun aber kalkuliert und so übersteigert, dass man hätte erkennen können, dass ich ihm nur noch die Karikatur einer liebestollen Oma vorspielte, um ihn zu quälen. Ich hab mich verkleidet, damit man mir nicht nachweisen konnte, dass ich es war. Im Grunde muss ich ihm dankbar sein. Letztlich hat die Wut auf ihn mich wieder in die normale menschliche Gesellschaft zurückgeholt.

Ja, in der Tat, ein beeindruckender Text. Beeindruckend wie die ganze Frau. Merkwürdig war allerdings, dass Kasch die Entführung von Iffi Falkenbergs Tochter nicht erwähnt hatte, als er bei mir im Büro gesessen hatte. Das wäre zum Verständnis ihrer traurigen Geschichte doch hilfreich gewesen. Hatte er nur diskret sein wollen, hatte sie ihn zum Schweigen verpflichtet oder steckte mehr dahinter?

Stalking oder Verfolgungswahn?

Stella hatte mir die abgetippten Leserbriefe zugemailt und ich sah sie mit sehr wenig Engagement durch. Sie waren auch wenig interessant.

Was als E-Mail hereingekommen war, konnte mich dagegen stärker fesseln. Auch in Sachen Stalking gab es wieder einige Wortmeldungen.

Ich werde seit geraumer Zeit von mehreren Personen gestalkt. Es handelt sich um unterschiedliche Männer, seltener Frauen, immer andere Autos aus verschiedenen Landkreisen, immer mit Handy. Die Autos sind in der Regel älteren Datums, weshalb ich annehme, dass es sich um weniger betuchte Privatpersonen handelt, die lose einer Organisation/Gang/einem Dienst angehören und auf Abruf bereitstehen, eine bestimmte Aufgabe gegen Bezahlung zu übernehmen. Sie arbeiten alle nach dem gleichen Schema, sind also offensichtlich ausgebildet worden. Sie wollen gesehen werden, bleiben aber auf Abstand. Auch mit einer Reihe von Telefonanrufen wurde ich belästigt. Sicher gibt es einen Strippenzieher, der das Ganze organisiert und mit dem Auftraggeber in Verbindung steht. Bitte veröffentlichen Sie meinen Hilferuf. Mich interessiert: Hat jemand ähnliche Erfahrungen gemacht? Kennt jemand eine Organisation, die in diesem Bereich tätig ist? Ich heiße Hummel.

Das klang weniger nach Stalking als nach Verfolgungswahn. Ich mailte zurück:

Hallo, Herr Hummel, danke für Ihren Brief. Ihre Beobachtungen sind sehr interessant. Aber ich glaube nicht, dass Sie gestalkt werden, denn beim Stalking kennen sich Täter und Opfer in der Regel. Gibt es irgendwelche Gründe, warum jemand Sie verfolgen sollte? Haben Sie jemanden verärgert oder beleidigt? Sind Sie Geld schuldig geblieben? Und – kann es sein, dass Sie sich das alles einbilden? Mein Rat: Notieren Sie sich die Kennzeichen der Autos und fertigen Sie Beschreibungen von den Personen

an, fotografieren Sie diese Leute und versuchen Sie, unabhängige Zeugen für Ihre Beobachtungen zu finden. Sie können auch auf die Leute zugehen und sie einfach fragen, warum die Sie verfolgen.
Wenn Sie genug Fakten zusammenhaben, sollten Sie zur Polizei gehen und den Fall schildern. Ich hoffe für Sie, dass sich alles als harmlos herausstellt.

Sollte ich dem Mann meine Handynummer verraten? Nein, lieber nicht. Hummel konnte die Verlagsnummer wählen, wenn er mich sprechen wollte, oder mir über die Mailadresse der Redaktion schreiben.

Ich stellte die Leserbriefseite zusammen und legte sie in den Stehsatz. Genug für heute und ab nach Hause.

Ein vergessenes Küchenmädchen

Werner rief an und hatte Neuigkeiten. »Ich habe etwas für dich herausbekommen. In Sachen Ferienlager.«

»Erzähl!«

»Das Mädchen hieß Nanette Fournier, zwanzig Jahre alt. Die junge Dame kam aber nicht aus Frankreich, sondern aus der französischen Schweiz. Genauer gesagt aus Lausanne. Sie wurde 1994, also zwei Jahre nach ihrem Verschwinden, tot im Wald gefunden. Die DNA-Analyse war eindeutig.«

»Ja, das weiß ich doch schon über meinen Facebook-Kontakt. Most hatte in der Zeitung davon gelesen.«

»Was du aber noch nicht weißt, ist, dass jemand versucht hat, sie zu verbrennen, und zwar nachdem sie schon tot war.«

»Zu verbrennen?« Wieder hatte ich den Geruch von Grillfleisch in der Nase.

»Nun, zunächst wurde ergebnisoffen ermittelt. Alle Möglichkeiten wurden in Betracht gezogen. Aber es gab kein Motiv. Die Polizei hat jede Menge Vernehmungen durchgeführt, auch unter den Jugendlichen. Kasch ist ebenfalls befragt worden. Ich war damals gut befreundet mit einer Beamtin im Polizeiaktenarchiv. Die hat mir eine Kopie von seiner Aussage geschickt. Ich hab einen ganzen Wust von Papieren durchgesehen. Eins ist wohl besonders wichtig. Das habe ich abfotografiert und dir zugemailt. Lies es, danach kannst du mich ja zurückrufen.«

Ich öffnete meinen Account, fand seine Mitteilung und druckte das angehängte Dokument aus. Ich las das Papier quer und erfuhr Folgendes: Nanette Fournier war als Küchenhilfe engagiert worden. Sie übernachtete nicht in einem Zelt, sondern in einem Holzhaus, das am Rand des Lagers errichtet worden war. Auch die Küche befand sich dort. Zum Personal gehörten noch ein Koch und ein Verwalter, der inzwischen verstorben war. Die Teilnehmer der Freizeit lernten Nanette ganz gut kennen, sie mussten sich an der Küchenarbeit beteiligen. Jeden Tag wurden zwei andere Jungen dafür eingeteilt.

Selbstverständlich waren auch die Kinder vernommen worden, doch niemandem war etwas Ungewöhnliches aufgefallen. Kasch gab an, dass an dem Tag, an dem Nanette zuletzt lebend gesehen worden war, alle gemeinsam zu Abend gegessen hatten. Danach waren die Jungs grüppchenweise verschwunden. Die einen spielten Fußball, andere Tischtennis und noch andere schauten fern. Um zehn Uhr war Bettruhe. Kurz vor zehn Uhr war Nanette noch beobachtet worden, wie sie die Tische feucht abwischte. Danach wollte sie niemand mehr gesehen haben. Kasch schilderte den nächsten Morgen:

Das Bett war leer und nicht benutzt. Ich befragte die Jungen und, als niemand etwas über ihren Verbleib zu berichten wusste, benachrichtigte ich die Polizei. Ich habe diese Angaben nach bestem Wissen und Gewissen gemacht.
Juli 1992, Guido Kasch, Pfarrer

Ich ließ das Papier sinken und griff wieder zum Telefon. »Was ist mit dem Koch?«, fragte ich Werner.

»Er war gegen zehn Uhr nicht mehr im Lager. Das Abendessen wurde von Nanette und den beiden Jungen, die Küchendienst hatten, allein fertig gemacht. Brot, Butter, Aufschnitt und Käse. Und Kartoffelsalat. Nanettes gesamte Sachen befanden sich noch in ihrem Zimmer. Am nächsten Tag suchte eine Hundertschaft die Gegend ab. Mit Hunden. Ohne Ergebnis.«

»Hatte das Mädchen Verwandte?«

Werner verneinte. »Es ist im Kinderheim aufgewachsen. Nanette war laut Unterlagen die Tochter einer Prostituierten, die an der Nadel hing und sich den goldenen Schuss verpasst hatte, als die Kleine drei Jahre alt gewesen war. Morgen schau ich mal, ob es den Zeltplatz noch gibt. Vielleicht bringe ich ein paar Fotos mit.«

Katzen töten nun mal Mäuse

Albträume in der Nacht. Nanettes Knochen im Feuer, gellende Schreie im Nebel des Waldes, schreckliches Schluchzen und jedes Mal dabei war Pfarrer Kasch als unbeteiligter Beobachter.

Im Morgengrauen stand ich auf und verzog mich mit einem großen Becher Kaffee auf die Terrasse. Alle Muskeln in meinem Körper schmerzten, als habe mich jemand durch einen Fleischwolf gedreht.

Es raschelte im Gebüsch. Eine getigerte Katze trat daraus hervor, im Maul eine quiekende Spitzmaus. Die Katze ließ die Maus immer wieder fallen, beobachtete, wie die Beute zu entkommen versuchte, sprang vor und schnappte sie wieder. Ich sah die kleinen Beinchen zappeln. Die Katze machte einen Satz, schleuderte die Maus in die Luft und stürzte sich blitzschnell auf sie, als sie den Boden erreichte. Ein Biss in den Nacken und aus. Das Interesse der Katze erlahmte, sie putzte sich und zog davon, ohne ihre Beute oder mich noch eines Blickes zu würdigen.

Das Großraumbüro war noch leer, als ich eintraf. Ich griff mir die Konkurrenzblätter und schaute sie durch. Die Boulevardzeitungen machten mit dem Streit zwischen dem französischen Staatspräsidenten Hollande und seiner Exgeliebten auf. Die Dame hatte das getan, was die Partnerinnen mächtiger Männer, die durch ein jüngeres Modell ersetzt worden waren, zu tun pflegten: Sie hatte ein Buch geschrieben.

Hollandes Ex: Ich schluckte, so viel ich konnte – titelte auch der *Focus* zweideutig. Das Magazin hatte früher ein anderes Niveau gepflegt.

Ich ließ mich in meinen Bürostuhl fallen – immer noch angeschlagen und durch die Albträume der Nacht leicht betäubt. Die Katze hatte die Maus aus Spaß getötet. Nein, das war kein Spaß gewesen, das war die Natur. Eine Mission. Ein Zwang, der keine moralischen Dimensionen kannte. Klar, die Katze konnte nicht anders. Der Mensch aber schon. Er wusste, was gut und böse war, wusste, dass Menschen leiden, wenn sie gequält wurden.

Nanette Fournier, eine junge, zwanzig Jahre alte Frau, war umgebracht worden und in einem Feuer geendet. Sie hatte ein Recht auf Leben gehabt und irgendjemand hatte es ihr genommen. Warum?

In Gedanken an ihre Tochter hatte Iphigenie Falkenberg sich diese Frage wohl tausendmal gestellt. Sie hatte nie Abschied nehmen können, da man Nellys Leiche nie gefunden hatte.

Ich fuhr den Rechner hoch. In meiner Mailbox befand sich eine Rückmeldung von Hummel. Er war meinem Rat gefolgt und hatte die Menschen, die ihn verfolgten, fotografiert und mir die Bilder geschickt. Ich öffnete sie. Nichts Besonderes. Irgendwelche Leute, Männer und Frauen, die neben Autos standen, sich unterhielten, rauchten und miteinander lachten. Keiner von ihnen sah gefährlich aus. Niemand schaute oder drohte in die Kamera.

Es sind immer dieselben Menschen – schrieb Hummel. *Als Nächstes werde ich sie ansprechen, so wie Sie es gesagt haben. Danke für Ihren Ratschlag. Hummel.*

Patenschaften und Parkpetzen

Volles Haus im Konferenzraum. Margarete Wurbel-Simonis schlug in der Kreativrunde ein Thema vor, das ihr ein Herzensanliegen war: ehrenamtliche Vormundschaften für minderjährige Flüchtlinge, die ohne Begleitung bei uns gelandet waren.

»Übernehmen nicht die Jugendämter solche Vormundschaften?«, fragte Schnack.

»Ja, aber es sind inzwischen einfach zu viele. Im Jahr kommen zweitausend bis dreitausend Kinder und Jugendliche nach Bierstadt. Manche sind monatelang auf der Flucht und gelangen auf ziemlich abenteuerlichen Wegen aus den Kriegsregionen nach Deutschland. Sie haben keine Familie mehr, können die Sprache nicht und haben es besonders schwer.«

»Ein engagiertes Thema«, lobte Schnack. »Was soll denn Ziel der Berichterstattung sein?«

»Interesse wecken für Schicksale, die wir uns nicht vorstellen können. Und für das Projekt werben. Auch ich selbst werde eine ehrenamtliche Vormundschaft übernehmen. Für ein kleines Mädchen aus Nigeria. Ihre Familie wurde von der Terrorgruppe *Boko Haram* verfolgt. Vielleicht könnten sich die Kollegen ebenfalls in diese Richtung engagieren«, sagte Wurbelchen – in die Runde blickend. »Ich vermittele gern eine Patenschaft.«

»Ich nehme lieber Katzen«, wehrte ich schnell ab. »Auch gegen die Abschlachtung der Wale hab ich schon gespendet.«

»Und ich hab schon eine Patenschaft für zwei Hunde aus einer rumänischen Tötungsstation«, behauptete Bärchen Biber.

»Ja, die Tierliebe ist bei uns Deutschen schon immer ausgeprägter gewesen als das Mitleid mit Menschen«, schnippte Mäggi. »Sogar Hitler soll seinen deutschen Schäferhund sehr geliebt haben.«

»Ich muss doch sehr bitten!«, blaffte Schnack. »Solche Vergleiche sind nicht hilfreich und ziemlich degoutant.«

Die Stimmung war im Eimer. Da konnte auch Clarissa Schreiners Themenvorschlag nichts mehr reißen. Sie hatte einen selbst ernannten Parkwächter aufgetan, der seine Nachbarn mit Anzeigen zur Weißglut brachte. Seine Opfer hatten sich zusammengeschlossen und einen Hilferuf an die Redaktion geschickt. Schreiner hatte sich die Story gesichert und dem Täter auch schon einen griffigen Namen verpasst: *Willy, die Parkpetze.*

Ich musste neidlos zugeben, dass ihre Geschichte gut war.

Die Staatsanwaltschaft gab am Nachmittag einen Zwischenbericht über den Stand der Ermittlungen im Mordfall Kasch. Die Kripo hatte das Leben des Pastors auf der Suche nach einem möglichen Motiv durchleuchtet und war ebenfalls auf das Ferienlager gestoßen. Wohl das einzige Mal im Leben des Geistlichen, dass er in Kontakt zu einem Verbrechen gekommen war. Auch die verschwundene Nanette Fournier wurde in der Pressemitteilung erwähnt.

Man hatte sogar die noch erreichbaren Teilnehmer des Ferienlagers zu den Vorgängen von damals befragt. Auch der Koch – Dominique L. – war vernommen worden, ohne dass es neue Erkenntnisse gegeben hätte. Aus der Pressemitteilung ging allerdings hervor, dass Nanette und der Koch eine Beziehung gehabt hatten und heiraten wollten. Trotzdem war Dominique L. nie in Verdacht geraten, etwas mit dem Verschwinden seiner Freundin zu tun zu haben.

Wie der Koch wohl mit vollem Namen hieß?

Ortstermin im dunklen Wald

Erneut rief ich Werner an. Tatsächlich hatte er den Zeltplatz gefunden.

»Das Wirtschaftsgebäude steht noch, ist aber ziemlich heruntergekommen«, berichtete er. »Gerade bin ich an der Stelle im Wald, an der Nanette Fournier verbrannt worden ist. Jemand hat hier eine Art Gedenkstätte eingerichtet. Moment, ich mach Bilder und schicke sie dir.«

»Die Tote war mit dem Koch verlobt«, berichtete ich. »Leider bekomme ich seinen vollen Namen nicht heraus. Seitdem mein Lieblingspolizist nicht mehr im Präsidium ist, hab ich gar keine Informationsquellen mehr.«

»Du hast ja jetzt mich«, meinte Werner trocken. »Ruf die Kirchenleute an – die müssen wissen, wer damals dort gearbeitet hat.«

»Prima Idee. Wenn die hören, dass ich von der Presse bin, sind die bestimmt auskunftsfreudig.«

»Greif in die Trickkiste, Grappa!«

»Mach ich. Und viel Erfolg beim Knipsen.«

Ich rief beim Kreiskirchenamt der evangelischen Kirche an und gab mich als Sachbearbeiterin der Kripo aus.

»Ich brauche noch einmal die Liste mit den Namen.«

»Welche Liste?«

»Moment.« Ich tat so, als würde ich in Unterlagen blättern. »Das Ferienlager. Lüdenscheid. 1992«, erklärte ich abgehackt. »Die Teilnehmer. Vernehmungen. Der Mordfall Kasch. Wir müssen noch weitere Befragungen durchführen und haben noch nicht alle Zeugen erreichen können.«

»Ich verbinde weiter.«

Ich bin zu alt für solche Nummern, dachte ich. Meine Nerven flatterten.

»Ja, Sie wollen die Liste«, ertönte eine Stimme. »Ich schicke sie Ihnen zu. Oder soll ich sie mailen?«

»Wir haben gerade PC-Probleme im Präsidium«, log ich. »Wichtige Mails landen im Spam-Ordner. Und die gelbe Post ist zu langsam. Kann ich die Liste bei Ihnen am Empfang abholen lassen?«

»Das geht, klar.«

»Können Sie das sofort veranlassen?«

»Für eine Behörde immer.«

Puh. Ich war dreist gewesen. Aber der Erfolg heiligte schon immer die Mittel. Susi bekam den Auftrag, den Kirchenleuten einen Besuch abzustatten.

Eine Stunde später hatte ich die Liste. Der Koch von damals hieß Dominique Lavant.

Ich googelte. Es gab ihn noch: Lavant führte ein Nobelrestaurant im Sauerland, dem der Guide Michelin drei Sterne zuerkannt hatte. *Le canard plumé* – die gerupfte Ente. Der Mann war Schweizer wie das tote Mädchen, lebte aber schon viele Jahre in Deutschland – so stand es auf der Homepage des Restaurants. Das Logo zeigte eine schräg dreinschauende Ente, die breitbeinig in einem Bräter saß.

Dem ersten Eindruck nach hatte es Dominique Lavant zu etwas gebracht. Drei Michelin-Sterne galten in Gourmet-Kreisen etwas. In Feinschmeckerblogs wurde das Restaurant sehr gelobt, ebenso in entsprechenden Zeitschriften, die sich in Wortschöpfungen und Elogen gegenseitig zu übertrumpfen versuchten. Ich las:

Dem Wolfsbarsch-Tartar verlieh Pampelmuse eine ungewohnte Säure, die zarte Vanille aber fein einbinden konnte. Geradeheraus deftig füllten dagegen Austernpilze und Ricotta ein kleines Törtchen. Lobenswert intensiv, ob nach Artischocken oder nach Kastanien und Haselnüssen, schmeckte das mit hübschen Schaumhäubchen bekrönte Süppchen.

Dominique Lavant posierte auf zahlreichen Fotos. Sein Beruf hatte seiner Figur nicht geschadet, er war schlank und drahtig. Sein dunkles, volles Haar war leicht angegraut. Auf den Fotos trug er seine Kochuniform, in Zivil sah er bestimmt noch besser aus.

Ich wählte die Nummer des Gourmettempels. Lavant – so erfuhr ich – machte gerade auf dem Großmarkt Einkäufe. Ich gab mich als Restaurantkritikerin aus und erhielt tatsächlich von dem Angestellten Lavants Handynummer. Ich tippte die Ziffern ein und stellte mich vor.

»Ich schreibe für das *Bierstädter Tageblatt* über den Fall Nanette Fournier. Ihr Tod wird erneut überprüft.«

»Das weiß ich schon«, antwortete eine tiefe Männerstimme mit leicht französischem Einschlag. »Die Polizei hat mich bereits vernommen. Aber ich habe damals schon alles gesagt. Nanette verschwand eines Abends und ich habe sie nie wiedergesehen. Es war ein Schock für mich, von dem ich mich nur schwer erholt habe.«

»Das kann ich gut verstehen«, sagte ich. »Hat es irgendwelche Vorfälle gegeben? Hat sie sich kurz vor ihrem Verschwinden anders verhalten als sonst?«

Er lachte bitter. »Diese Frage habe ich mir oft selbst gestellt. Aber es war alles wie immer. Nanette war ein fröhliches, absolut vertrauensseliges junges Mädchen. Sie sah in den Menschen nur das Gute, obwohl sie in einem Heim aufgewachsen war. Als sie verschwand, war ich ja nicht im Haus. Vielleicht wäre alles anders verlaufen, wenn ich dort gewesen wäre.«

»Das konnten Sie doch nicht wissen«, entgegnete ich.

»Natürlich nicht. Aber ich denke noch oft an sie – auch, wenn ich seit vielen Jahren mit einer wunderbaren Frau verheiratet bin und drei Kinder habe. Der Schmerz hat mit den Jahren nachgelassen, und das ist gut so. Nanette und ich waren damals ein Paar und wir wollten zusammen eine kleine Pension in den Schweizer Alpen übernehmen.«

»Warum sind Sie in Deutschland geblieben?«

»Das hat sich einfach so ergeben.«

»Die Stelle im Wald, an der Nanettes Überreste gefunden wurden, sieht jetzt aus wie eine Gedenkstätte«, erzählte ich. »Mit vertrockneten Rosen und einem Holzkreuz mit Nanettes Namen ... Gehen Sie noch oft dorthin?«

»Wie bitte?«

Ich beschrieb die Details, während ich die Fotos betrachtete, die Werner mir gemailt hatte.

»Ich war nie dort. Die Blumen und das Kreuz sind nicht von mir. Ich kenne diesen Ort gar nicht. Ich hätte da auch nicht hingehen können und wollen.«

»Haben Sie eine Idee, wer derjenige ist, der die Stelle pflegt?«

»Nein. Verwandte hatte sie nicht, zumindest keine, die ich kannte. Auch an Freunde oder Freundinnen erinnere ich mich nicht.«

»Hatte Nanette unter den Gästen im Ferienlager Freunde?«

»Nein. Die Jungen waren ja noch Kinder.«

»Was war mit den Erwachsenen?«, fragte ich.

»Es gab nur den Verwalter, der das Haus in Ordnung hielt, und mich. Und einige Saisonkräfte.«

»Der Verwalter ist schon vor Jahren gestorben. Wie sieht es mit dem Pfarrer aus? Hatten die beiden auffällig viel miteinander zu tun?«

»Nein, Nanette und dieser Geistliche hatten keine besonderen Berührungspunkte. Tut mir leid, dass ich Ihnen nicht weiterhelfen kann.«

»Haben Sie noch Fotos von Nanette?«

»Nein. Und wenn, dann würde ich sie Ihnen nicht überlassen. Ich hoffe, Sie verstehen das.«

»Es ist in Ordnung«, sagte ich. »Darf ich Sie wieder anrufen, wenn ich Neuigkeiten habe?«

Er stimmte zu.

Liebe und Verbrechen kommen immer gut

Die Liebesgeschichte zwischen Nanette und Dominique würde sich im *Tageblatt* gut machen. Liebe und Verbrechen waren immer eine Mischung, mit der man die Aufmerksamkeit der Leser fesseln konnte. Ich informierte Schnack über die neuen Fakten und bekam achtzig Zeilen. Jetzt hatte ich auch endlich eine Gelegenheit, das Foto zu veröffentlichen, das mir die Haushälterin vom Ferienlager gegeben hatte. Kasch, die Jungs und im Hintergrund Nanette Fournier, das Geschirr balancierend.

Wayne vergrößerte den Ausschnitt, der Nanette zeigte. Dadurch wurde es leicht unscharf, aber das erhöhte das Geheimnisvolle. Das Mädchen hatte ein hübsches Gesicht, trug das blonde Haar zum Pferdeschwanz oder Knoten gebunden. Ihren Blick hatte sie auf die Jungen gerichtet.

Ich sah noch einmal die Fotos durch, die Werner mir geschickt hatte. Sie zeigten eine kleine Lichtung zwischen hohen Fichten. In der Erde ein Holzkreuz mit dem Namen der jungen Frau. Davor lag ein Strauß vertrockneter Rosen.

»Wirkt alles irgendwie gespenstig«, meinte Wayne. »Wenn du willst, bearbeite ich die Fotos noch. Aber gar nicht schlecht, was der Kollege da geknipst hat.«

»Ich werde es ihm ausrichten«, versprach ich. »Wenn ich nur wüsste, wer diese Gedenkstätte eingerichtet hat.«

»Lavant?«

»Eben nicht.«

Eine Stunde später war der Bericht fertig.

»Eine runde Sache«, meinte Schnack zufrieden. »Liebe und Verbrechen. Das mögen die Leute.«

»Echt, Chef?«, fragte ich.

Wayne grinste.

»Ich stelle den Artikel online«, kündigte Schnack an. »Das ist eine prima Exklusivgeschichte, die nimmt uns keiner weg.«

Ein stilles Grab im Wald erinnert an Nanette

An einem Sommerabend vor 22 Jahren verschwand Nanette Fournier spurlos. Erst zwei Jahre später wurden ihre Überreste gefunden. Bis heute ist der Fall nicht aufgeklärt. Traf sich die 20-jährige Schweizerin mit ihrem Mörder im Wald?

Inzwischen rollt die Polizei den Fall wieder auf, denn er steht möglicherweise im Zusammenhang mit dem brutalen Mord an dem evangelischen Geistlichen Guido Kasch (56). Dieser hat vor 22 Jahren ein Ferienlager im sauerländischen Lüdenscheid geleitet, in dem Nanette Fournier als Küchenhilfe arbeitete. Genau während dieser Zeit verschwand die junge Schweizerin. Eine groß angelegte Suchaktion blieb erfolglos. Der Fundort der Überreste liegt mehrere Kilometer vom Ferienlager entfernt im Wald. Der Mörder hatte versucht, die Leiche zu verbrennen. Eine DNA-Analyse von Knochenteilen brachte Gewissheit, dass es sich um das verschwundene Mädchen handelte.

Am Abend telefonierte ich wieder mit Werner Hoppenkötter. »Du machst dich gut als Hilfsfotograf«, lobte ich ihn. »Auch Pöppelbaum ist voll des Lobes.«

»Ich habe den Artikel gerade in eurer Internetausgabe gesehen.«

»Wayne hat das Foto von dem Grab noch etwas dramatischer gemacht«, erklärte ich. »Kontrastverschärfung und etwas Farbe zugegeben.«

»Ja, das bringt die Stimmung super zur Geltung«, freute er sich. »Ich war ganz merkwürdig berührt. Das einsame Kreuz, die verwelkten Rosen und die bedrohlich hohen Bäume. Ich musste unwillkürlich an den Grabspruch von Rainer Maria Rilke denken. *Rose, oh reiner Widerspruch, Lust, Niemandes Schlaf zu sein unter so viel Lidern.*«

»Das haben wir in der Schule besprochen«, erinnerte ich

mich. »Ein sehr schönes Gedicht. Die Rose mit ihren zarten Blütenblättern, den Lidern und die kräftigen Stacheln im Widerspruch dazu. Unser Leben zwischen Ruhe und Trieb und der Tod als Erlösung.«

»Ja, das passt zu der Stelle, wo Nanette Fournier gefunden wurde. Es sind sogar noch Reste des Feuerholzes zu sehen. Jemand sorgt dafür, dass nicht alles überwuchert wird. Jemand denkt noch immer an sie. Aber dieser Jemand war schon länger nicht mehr da. Die Rosen sind lange vertrocknet, das Wasser in der Vase verdunstet.«

Zum Heulen schön

Frau Schmitz hatte meine rührselig-gruselige Reportage noch vor dem Brötchenbacken gelesen und war begeistert.

»Das arme Mädchen«, seufzte sie, nachdem wir das übliche Begrüßungsritual absolviert hatten. »Haste schön gemacht, Frau Grappa. Zum Heulen, echt.«

»Ja, nur leider weiß ich jetzt nicht mehr weiter«, gab ich zu. »Kriegen wir Frühstück?«

»Klar. Sie auch Rührei, Herr Pöppelbaum?«

Anscheinend wurde es langsam zur Gewohnheit, dass Wayne und ich gemeinsam frühstückten.

Der Fotograf winkte ab. »Nur Kaffee.«

»Geht schon mal durch. Deine Freundinnen sind auch wieder da, Frau Grappa.«

Als wir das Bistro betraten, warfen die beiden Frauen einen abschätzenden Blick auf Pöppelbaum und konzentrierten sich erneut auf die Baustelle.

»Das sind Freundinnen von dir?«, staunte Wayne.

»Eher Studienobjekte. Sie sind scharf auf die Jungs von gegenüber. Wie in der Cola-Reklame«, antwortete ich.

»Ach schade, dass ich meine langen Haare nicht mehr haben. Vielleicht hätten die dann nicht so schnell weggeguckt.«

»Du gehörst nicht in deren Beuteschema«, stellte ich klar. »Auch nicht mit langen Haaren.«

»Du bist gemein, Grappa.«

»Gerne!«

Frau Schmitz servierte. Sie trat dicht an mich heran. »Gestern sind die beiden mit denen in den Rohbau gegangen. Erst die eine, dann die andere. Kannste dir das vorstellen?«

»Die wollten sich bestimmt nur mal die Wohnungen ansehen.«

»Nee, nee. Beide haben sich danach auf meinem Klo gewaschen. Die haben eine Nummer geschoben, Frau Grappa.«

Wayne grinste.

»Na ja, ich will ja nichts gesagt haben«, meinte die Bäckerin.

»Hast du ja auch nicht. Irgendwas stimmt mit der Milch nicht. Liegt wohl an unserem schlüpfrigen Thema. Guck mal, Frau Schmitz.«

Im Kaffeebecher bildete die Kondensmilch große Flocken.

»Oh, die ist wohl umgekippt. Tut mir leid, Frau Grappa. Kriegst gleich einen frischen.«

Mein Handy klingelte. Sarah. »Ein Herr Hummel versucht dich dringend zu erreichen. Darf ich ihm deine Mobilnummer geben?«

»Hummel? Bloß nicht«, sagte ich erschrocken. »Sag ihm, dass ich ihn in einer halben Stunde zurückrufe.«

»Wird gemacht.«

»Was für 'ne Hummel?«, wollte Wayne wissen.

»Der fühlt sich gestalkt. Aber der Typ leidet eher unter Verfolgungswahn. Ich hab ihm geraten, zur Polizei zu gehen.«

Mäggi träumt afrikanisch

Margarete Wurbel-Simonis betrachtete verträumt ihren Bildschirmschoner. Ich schlich mich an und haute ihr auf die Schulter. Sie zuckte zusammen.

»Mäggi, jetzt will ich endlich wissen, wer dieser schwarze Adonis auf dem Monitor ist.«

»Ein Freund.« Prompt klickte sie ihn weg.

»Aha. Ein Freund. Und was noch?«

Schweigen.

»Nun erzähl schon!«, forderte ich. »Die ganze Redaktion rätselt rum, ob du wieder ein Sexualleben hast.«

»Ich hatte«, korrigierte sie.

»Hatte?«

»Ja, er ist in Kenia und ich bin hier.«

»Aha! Eine erotische Urlaubsbekanntschaft. Hast du noch andere Fotos?«

»Ich hab eine Menge Urlaubsfotos. Meer, Strand, Sonne, Menschen. Die willst du sehen?«

»Wenn es sein muss, gucke ich mir auch den Strand an«, grinste ich.

Sie klickte einen Ordner an und öffnete ihn: Strand, Sonne, eine Frau in grellbunter afrikanischer Robe mit Turban neben einem jungen Mann mit glänzendem nacktem Oberkörper und blendend weißen Zähnen.

»Das bist ja du!«, rief ich aus. »Ich hätte dich fast nicht erkannt. Die bunten Farben stehen dir gut. Solltest du öfter tragen. Machen dich zehn Jahre jünger.«

»Nein, das passt nicht in unsere Breiten«, wehrte sie ab. »Mamadou wollte, dass ich mich für ein Erinnerungsfoto in afrikanische Mode werfe.«

Mamadou. Aha. »Wie alt ist Mamadou?«

»Etwas jünger als ich.«

»Definiere etwas!«

»So ungefähr zwanzig Jahre«, meinte sie schelmisch.

»Was macht er beruflich?«

»Er ist Fischer. Mit einem eigenen Boot.«

»Das ist ein solider Beruf«, sagte ich. »Werdet ihr euch wiedersehen?«

»Ja. Im nächsten Urlaub. Wenn er dann noch da ist. Er

will eigentlich nach Europa auswandern, um eine bessere berufliche Perspektive zu bekommen.«

»Ja, die Meere rund um Afrika sind ja fast abgefischt«, nickte ich, »während es in Emscher und Ruhr nur so vor Fischen wimmelt.«

Sie schaute mich direkt an. »Du willst wissen, wie der Sex war, oder?«

»Klar doch! Man hört von der erotischen Potenz von schwarzen Männern ja Wunderdinge ...«

»Er fand mich attraktiv. Und das hatte ich jahrelang nicht mehr. Reicht dir das?« In ihren Augen schimmerte es feucht.

»Ja, Mäggi. Es tut mir leid, ich wollte mich nicht über dich lustig machen.«

»Doch«, widersprach sie mit hochroten Wangen. »Genau das wolltest du. Aber es ist in Ordnung. Journalisten sind so. Ich hab mich natürlich selbst gefragt, ob Sextourismus eine späte Form des Kolonialismus ist. Aber dann habe ich mich einfach treiben lassen und es hat mir gutgetan.«

»Das ist die Hauptsache. Wird er dich hier besuchen?«

Sie verneinte. »Ich bin ja realistisch. Was in Kenia entspannt war, würde hier nur verkrampft sein.«

»Ja, ich kenne das.«

»Du warst auch schon in Kenia?«, staunte sie.

»Nein. Es ging mir früher mit Wein so. Oft kaufte ich mir den Wein, der mir im Urlaub in Italien oder Frankreich immer am besten geschmeckt hatte. Kaum zu Hause, hatte er den Reiz verloren. Er funktionierte nur direkt im Land – bei viel Sonne, guter Luft und Entspanntheit.«

Lasst Blumen sprechen

Iffi Falkenberg hatte Kasch in einem Blumenladen kennengelernt, erinnerte ich mich. Ich kramte die Nummer von Eva Przygode heraus, der Haushälterin des verstorbenen Pastors.

Sie wusste nichts von einem Grab oder einem Ort im Wald, den Kasch regelmäßig mit Blumen bestückte. Kein Wunder, Kasch hätte ihr das bestimmt nicht auf die Nase gebunden.

»Wo hat Kasch Blumen gekauft, wenn er welche brauchte?«, fragte ich.

»Wozu hätte er Blumen brauchen sollen?«, fragte sie zurück.

»Geburtstage, Jubiläen, Konfirmation, Beerdigungen?«

»Ich bekam mal einen Strauß zum Geburtstag und ein Adventsgesteck im Dezember. Das war aber schon alles.«

»Und wo hat er das besorgt?«

»Im Gartencenter im Industriepark. Die bestücken auch die Kirche bei Gottesdiensten und so. Es gibt einen Rahmenvertrag mit Prozenten. Ich hab beim Aufräumen eine Rechnung gefunden. Ganze fünf Euro hat er zu meinem letzten Geburtstag springen lassen, der Geizkragen!«

Ich packte meine Sachen. Als ich den PC runterfuhr, bemerkte ich eine Mail von Hummel. Den Spinner gab es ja auch noch. Der muss weiter warten, beschloss ich. Ich würde mich am nächsten Tag um ihn kümmern.

Iffi will Hilfe

Die Flasche Rivaner, die ich am Abend getrunken hatte, war mir nicht gut bekommen. Ich vermied den Blick in den Spiegel, warf die Kaffeemaschine an und lüftete mit Durchzug. In der Nacht hatte es geregnet und das war gut so. Das Grün im Garten schien aufgefrischt, das Gras stand wieder aufrecht und Nacktschnecken bevölkerten den Kräutergarten. Silbrige Schleimspuren auf der Minze und durchlöcherte Blätter beim Basilikum, die Früchte der Minipaprikapflanze zeigten Bissspuren. Ich hasste diese hässlichen, klebrigen Kriecher, die es an die unmöglichsten Orte schafften, um ihr widerliches Knabberwerk auszuüben.

Die Zerstörung meiner gärtnerischen Bemühungen entsprach meinem Gemütszustand.

Ich hatte keine Angriffspunkte für weitere Recherchen. Der Kühlschrank war fast leer. Ich knusperte eine Ecke Käse und reaktivierte das Knäckebrot, indem ich die feuchten Scheiben im Ofen aufbuk.

Bei Frau Schmitz wollte ich mich an diesem Morgen nicht sehen lassen. Das Frühstück bei ihr schlug zu sehr auf die Hüften.

Nach einer langen Dusche war ich wieder gesellschaftsfähig. Die beiden Tage bis zum Wochenende würde ich auch noch hinter mich bringen.

Auf dem Weg zum Carport meldete sich mein Handy. Ich schaute auf das Display, doch die Nummer war mir unbekannt. Die Neugierde gewann.

»Hallo?«

»Frau Grappa? Hier ist Iphigenie Falkenberg. Ich brauche Ihre Hilfe.«

Auf einmal wusste ich, wie ich herausbekommen konnte, ob Kasch das Grab im Wald errichtet hatte!

»Das trifft sich gut. Ich muss auch mit Ihnen sprechen. Können wir uns treffen?«

»Ja, aber erst am Nachmittag. Ich bin noch im Urlaub an der Mosel. Aber ich fahre gleich los.«

Sie nannte mir ihre Ankunftszeit am Bahnhof.

»Ich hole Sie ab«, versprach ich.

Für Hummel ist es zu spät

Im Großraumbüro erfuhr ich von Stella, dass sich Hummel schon wieder gemeldet hatte. Er hatte mir zahlreiche Fotos von Menschen an meine E-Mail-Adresse geschickt, von denen er sich beobachtet glaubte. Ich sah die Bilder durch, doch ich konnte erneut nichts erkennen, was in irgendeiner

Weise bedrohlich wirkte. Sein Fall eignete sich noch nicht einmal für eine Episode in der Stalkingserie.

Ich rief Hummel endlich zurück, um ihm zu sagen, dass ich ihm nicht helfen könne und an seiner Geschichte nicht interessiert sei.

»Ja?« Eine Männerstimme.

»Grappa vom *Tageblatt*«, begann ich. »Herr Hummel?«

»Nein, hier ist die Polizei. Was wollen Sie von Herrn Hummel?«

Ich erklärte, um was es ging.

»Herr Hummel ist tot«, klärte mich der Beamte auf. »Wir gehen von Freitod aus.«

Ich war bestürzt. »Er fühlte sich von mehreren Personen verfolgt …«

»Das ist uns bekannt. Er hat die Beratungsstelle für Stalkingopfer informiert.«

»Wie hat er es gemacht?«, wollte ich wissen.

»Darüber kann ich keine Auskunft geben«, sagte der Polizist. »Warten Sie bitte auf die Pressemitteilung. Und halten Sie sich zur Verfügung, falls es noch Fragen gibt.«

Ich ließ den Hörer sinken. Hummel war tot. Jener Mann, der meine Hilfe gewollt hatte. Die Hilfe, die ich ihm verweigert hatte, indem ich nicht zurückgerufen hatte. Verdammt!

»Was ist los, Grappa?«, fragte Wayne. »Du bist ja weiß wie die Wand.«

»Hummel ist tot. Er hat sich das Leben genommen.«

»Der verrückte Hummel? Von dem du gestern in der Bäckerei erzählt hast?«

»Genau der.«

»Mist! Und jetzt machst du dir Vorwürfe?«

»Allerdings.«

»Warte mal.« Der Fotograf kratzte sich nachdenklich am Kopf. »Ich hab heute früh den Funk abgehört. Neben Straßenbahnunfall und Einbruch in einen Supermarkt gab es Störungen bei der Regionalbahn. Jemand hat sich auf die

Schienen gelegt. Selbsttötung. Ich ruf mal eben meinen Kontakt bei den Bullen an.«

Fünf Minuten später informierte mich Wayne, dass es tatsächlich Hummel war, der auf den Schienen sein Leben gelassen hatte.

Mein Kopf schmerzte höllisch und mir war schlecht. Ich schwänzte die Redaktionskonferenz, ging in den Toilettenraum und ließ kaltes Wasser über meine Handgelenke laufen. Mein Herz pochte bis zum Hals. Wenn ich jetzt einen Infarkt bekäme, würde man mich tot auf dem Klo finden. Nicht gerade ein würdevoller Abgang.

Langsam lief ich ins Großraumbüro zurück. Die Konferenz war vorbei, denn die Kollegen saßen auf ihren Plätzen.

»Mensch, Grappa«, sagte Simon Harras erschrocken. »Du siehst ja aus, als wärst du heute Morgen neben Flavio Briatore aufgewacht!«

»Nee, ich hatte Glück«, brummte ich. »Ich hab allein geschlafen.«

Ich ließ mich schwer in meinen Stuhl fallen und versank in der Geräuschkulisse.

Die Grazien vom Sekretariat diskutierten die Gerichtsshow vom Vortag.

»Also, das war so. Nach der Geburtstagsfeier ihres Mannes bricht Sabine plötzlich tot zusammen«, fasste Sarah den Sachverhalt für die Kollegen zusammen. »Die Polizei stellt dann fest, dass der handygesteuerte Vibrator, den sie kurz vorher benutzt hat, durch einen Anruf aktiviert worden ist.«

»So was gibt es?«, wunderte sich Susi. »Ferngesteuert? Ist ja der Hammer!«

»Es kommt noch besser«, kündigte Sarah an. »Auf dem Vib befand sich tödliches Schlangengift.«

»Mord?«, schloss Stella messerscharf.

»Ja, aber an wem?« Sarah machte eine Kunstpause. »Es war nicht Sabines eigener Stab, sondern der ihrer besten Freundin Anja. Deshalb stand Anja wegen Mordes vor Gericht.«

»Igitt«, das Thema hatte mich ins Hier und Jetzt zurückgeholt. »Wer verleiht denn seinen Vibrator? Ist ja voll eklig!«

»Die Frage spielte keine Rolle vor Gericht«, informierte mich Sarah. »Die Frage war: Hat Anja ihre Freundin umgebracht oder handelte es sich um eine Verwechslung? Sollte Anja das eigentliche Opfer sein?«

»Und? Wie ging es aus?«

»Keine Ahnung«, gab Sarah zu. »An meiner Tür klingelte es und mein Freund kam. Da interessierte mich der vergiftete Vibrator nicht mehr.«

»Du kennst die Pointe nicht?«

»Nee, Grappa. Kannste doch selbst recherchieren. Und wenn du rausbekommen hast, ob es wirklich ferngesteuerte Vibratoren gibt, dann sag mir bitte Bescheid.«

Das war zu viel. Ein zerstückelter Toter auf den Schienen und ein tödlicher Vibrator mit Fernbedienung.

Ich warf eine Schmerztablette ein, machte ein paar entspannende Atemübungen, die ich mir im Internet abgeguckt hatte, und wartete.

Nach zehn Minuten war mein Hirn einigermaßen frei. In der Kaffeeküche suchte ich nach einem Teebeutel. Ich entdeckte etwas ähnlich Aussehendes in einer Blechdose, konnte aber nicht identifizieren, welcher Geschmacksrichtung es zuzuordnen war. Das Schild war weg und der Duft auch.

Ich legte das Päckchen in einen Becher, goss heißes Wasser drüber und wartete. Leichter Pfefferminzgeruch stieg auf. Leider schmeckte die Brühe nicht wirklich danach, aber die heiße Flüssigkeit tat mir gut.

Eine Stunde später gab es offizielle Informationen zum Selbstmord auf den Schienen. Bernd H., siebenunddreißig Jahre alt, hatte sich auf die Gleise der Bahn gelegt und sich überrollen lassen – meldete die Staatsanwaltschaft. Dennoch sei eine Obduktion angeordnet worden, da sich der Tote kurz vor seinem Ableben verfolgt gefühlt habe. Die Ergebnisse wurden für den Nachmittag angekündigt.

Ich öffnete die Fotos, die mir Hummel geschickt hatte, und sah sie mir noch mal genau und lange an. Und wieder entdeckte ich keine Besonderheiten, sondern nur Menschen, die zufällig vor die Linse des Fotografen geraten sein mussten – ohne zu wissen, dass er sich von ihnen bedroht fühlte.

Keine Angst vor der Nudelrolle

Auf dem Bahnhofsvorplatz kam mir Iphigenie Falkenberg mit zwei Koffern und einigen Tüten entgegen.

»Haben Sie sich gut erholt?«, begann ich mit dem Small Talk.

»Nein. Und ich erzähle Ihnen auch gleich, warum.«

Ich musterte sie, während ich ihr Gepäck ins Auto lud. Sie sah wirklich nicht gut aus. Bleich mit roten Flecken im Gesicht, die Haare verwuselt, als käme sie gerade aus dem Bett.

»Wo soll es denn hingehen?«, fragte ich.

»Zu mir nach Hause«, antwortete sie.

»Lieber in ein Café«, entgegnete ich.

»Sie glauben wohl, ich will mir nur das Taxi sparen?« Ihre Stimme hatte einen leicht hysterischen Klang.

»Entspannen Sie sich. Ein paar Straßen weiter befindet sich ein Bistro.«

»Ich will Ihnen ein Foto zeigen, Frau Grappa. Das Foto liegt aber bei mir zu Hause. Und ich brauche es, um Ihnen etwas zu beweisen.«

Sie hatte mich überzeugt.

»Gut. Dann zu Ihnen nach Hause.«

Ich rief Wayne an, berichtete, wo ich war und was ich vorhatte.

»Grappa, die Alte ist ein Psycho«, meinte er. »Hast du keine Angst, dass sie dir mit der Nudelrolle eins überzieht?«

»Nein, hab ich nicht. Und wenn, dann weißt du ja, wo ich bin. Bis dann!«

Iffi Falkenberg lächelte gequält, als ich das Handy wegpackte.

Ich startete den Motor und schlug die nördliche Richtung zur Immermannstraße ein.

Dort angekommen nahm ich ihr Gepäck aus dem Kofferraum und trug es hoch in die Wohnung Falkenbergs. Mensch, Grappa, dachte ich, du bist zu gut für diese Welt.

»Kaffee?«, fragt sie. »Oder sonst was?«

»Wasser«, verlangte ich. »Möglichst kalt.«

»Kaltes Wasser ist nicht gut für den Magen«, belehrte sie mich.

»Ich werde es überleben.«

»Ja, sicher.« Sie verschwand.

Aus der Küche hörte ich Radiostimmen. *WDR 4.* Die Welle mit den Melodien für ein gutes Gefühl. Das hatte ich gerade nicht.

Mein Handy meldete sich. Wayne.

»Kannst du reden?«, fragte er.

»Nein, aber zuhören.«

»Gut. Der Tote von den Schienen. Jemand hat ihm vorher K.-o.-Tropfen verabreicht und ihn dann auf die Gleise gelegt. Die Bullen ermitteln nun wegen Mordes.«

»Das ist ein Ding!«

Iffi Falkenberg erschien mit zwei Gläsern in den Händen.

»Ich muss Schluss machen. Wir sehen uns in einer Stunde, denke ich.«

»Schlimme Nachrichten?«, fragte Iffi Falkenberg.

»Alltagsgeschäft. Lassen Sie uns mal zur Sache kommen.« Sie reichte mir ein Glas Wasser.

»Sie wollten mich sprechen und ich habe ein paar Fragen an Sie. Womit fangen wir an?«

»Stellen Sie zuerst Ihre Fragen«, sagte sie und setzte sich.

»Sie haben Kasch auf Schritt und Tritt beobachtet. Was

wissen Sie über eine Art Gedenkstätte im Wald bei Lüdenscheid?«

»Das Kreuz? Nanette Fournier.«

»Sie kennen es?«

»Kasch hat da Blumen hingelegt. Und gebetet. Ich bin ihm mal hinterhergegangen.«

»Warum haben Sie das verschwiegen?«

Sie sah mich verständnislos an. »Woher sollte ich wissen, dass es wichtig ist? Diese alte Geschichte!«

Das war nicht sehr ergiebig. Aber immerhin wusste ich jetzt, dass Kasch der heimliche Besucher im Wald gewesen war.

»Und jetzt zu Ihnen«, sagte ich. »Womit kann ich Ihnen helfen?«

Sie antwortete nicht gleich, ging zum Sekretär und kehrte mit dem flachen Pappkarton zurück, den ich schon von dem ersten Besuch bei ihr kannte.

Bloß nicht wieder Kinderfotos, dachte ich. Doch mein Flehen wurde nicht erhört.

»Das ist Nelly mit vier Jahren«, erklärte sie. Das Schwarz-Weiß-Foto zeigte das kleine Mädchen auf einem Kinderstuhl, im Arm einen Teddybären. Ich drehte das Foto um. *Nelly Juli 1965.*

Iffi Falkenberg ging zu einem der beiden Koffer, öffnete ihn und holte einen Gegenstand heraus, der in Seidenpapier eingewickelt war. Sie löste die Verpackung und ein Teddybär fiel auf den Tisch.

Ich nahm ihn in die Hand. Er wies starke Gebrauchsspuren auf, an manchen Stellen fehlte das braune Fell und das Gewebe war zu erkennen. Das rechte Ohr klappte nach unten und ihm war ein Arm abhandengekommen.

»Das ist Brummel«, sagte Iffi Falkenberg mit tonloser Stimme.

»Was sagen Sie?«

»Der Brummel – Nellys Teddy.«

»Ja, der Brummel«, wiederholte ich. »Schön, dass Sie ihn aufgehoben haben.«

»Habe ich nicht. Brummel ist zusammen mit Nelly verschwunden.«

»Ich versteh nicht. Hier liegt er doch, oder?«

»Nelly hatte Brummel dabei, als sie entführt wurde. Sie hat sich nie von ihm getrennt.«

»Aber jetzt liegt er hier.«

»Ja, ich habe ihn gestern auf einem Flohmarkt entdeckt und gekauft. Er ist eine Spur zu Nelly, verstehen Sie denn nicht?«

Ich zog das Foto zu mir und legte Brummel daneben. Ja, es gab eine gewisse Ähnlichkeit. Mehr aber auch nicht.

»Solche Teddys sind zu Tausenden hergestellt worden«, sagte ich. »Es ist bestimmt nicht dieser Brummel. Dann wäre das Teil hier ja um die fünfzig Jahre alt.«

»Er ist es«, flüsterte sie. »Und wissen Sie, warum ich mir so sicher bin?«

Ich war irritiert. Sie verhielt sich jetzt anders. Ihre Bewegungen waren fahrig, ihr Gesicht noch bleicher als eben. Sie schüttelte den Teddy und es gab ein blechernes Klappergeräusch.

»Brummel war ein Brummteddy. Daher hatte er auch den Namen. Man musste ihn nach hinten und dann nach vorn kippen. Aber seine Stimme ging kaputt. Nelly war sehr traurig und schüttelte ihn immer. Da hab ich ihm ein Loch in den Bauch geschnitten und eine kleine silberne Dose mit einer kleinen Stahlmurmel eingenäht. Die Dose hatte eine Verzierung, eine Taube. Damit konnte Nelly den Brummel nun klappern lassen. Das Kind war glücklich. Sein Teddy hatte eine andere Stimme als alle anderen, das fand Nelly schön. Aber der Name Brummel blieb.«

»Dieser Teddy klappert auch.«

»Ja, genau. Ich hab noch nicht nachgesehen. Aber jetzt mache ich ihn auf.«

Iffi holte einen altmodischen Nähkasten herbei, entnahm

ihm einen Nahttrenner und trennte dann eine Naht am Bauch auf. Sie stocherte etwas herum, zog dann eine kleine schwarze Dose hervor und gab sie mir. Ich hielt sie ins Licht. Auf dem Deckel war ein Vogel eingeprägt. Ich schüttelte das Ding und es klapperte – jetzt blecherner als zuvor.

Ich gab die Dose zurück. Iffi drückte den Verschluss auf. Innen lag eine schwarze Kugel.

Ich war baff. »Und diesen Teddy haben Sie gestern auf einem Flohmarkt gekauft?«, fragte ich zweifelnd.

»Das sagte ich doch. Für drei Euro. Ich hab den Verkäufer natürlich angesprochen und er sagte, dass der Teddy Teil einer Haushaltsauflösung war. Aber er konnte sich nicht erinnern, wo und bei wem. Und so kam ich auf Sie, Frau Grappa! Sie sind doch Journalistin und Ihr Beruf ist das Beschaffen von Informationen. Finden Sie heraus, bei wem Brummel fast fünfzig Jahre gewesen ist. Dann weiß ich, wer meine Nelly entführt hat!«

»Haben Sie sich schon an die Polizei gewandt?«

»Nein. Die Akte ist doch seit Jahren geschlossen. Nelly wurde vor siebenundvierzig Jahren entführt.«

»Haben Sie den Namen des Händlers?«

»Ja.« Sie reichte mir einen Zettel.

Peter Mohn, Trödel, Antiquitäten, Haushaltsauflösungen, An- und Verkauf. Der Händler hatte keine Adresse, sondern nur eine Handynummer angegeben. Vermutlich, weil er kein Gewerbe angemeldet hatte und keine Steuern zahlte.

»Ich werde mich darum kümmern«, sagte ich. »Aber versprechen kann ich nichts.«

Ich fotografierte den Teddy, das Döschen mit der Kugel und das Bild der kleinen Nelly mit Brummel.

Schon wieder schlug mein Mobiltelefon Alarm. Susi informierte mich, dass ich noch einen Bericht zum Mord an Hummel zu schreiben hatte und der Chef mich dringend zurückerwartete.

Dreißig Zeilen mit den mageren Fakten, die offiziell bekanntgegeben worden waren. Wayne hatte den Bahnübergang abgeknipst und das Foto der Polizeipressestelle bearbeitet. So hatte Bernd Hummel also ausgesehen. Ein schmales Allerweltsgesicht mit Schnurrbart, wässrigen hellen Augen und geschwollenen Tränensäcken. Er hatte eher die Ausstrahlung eines Buchhalters kurz vor dem Rentenantritt als die eines psychisch Gestörten, der an Verfolgungswahn litt. Die Staatsanwaltschaft hatte das Foto freigegeben, um Zeugen zu finden, die mitbekommen hatten, wie ein lebloser Mann auf die Schienen gelegt worden war.

»Damit werden die keinen Erfolg haben«, meinte Pöppelbaum. »Der Übergang liegt weit von den nächsten Häusern entfernt und es war ganz früh morgens – so gegen halb sechs.«

Ich las den Bericht der Polizei.

Der Geschädigte wurde vermutlich mit einem Fahrzeug zum Tatort gebracht. Nach Angaben von Ärzten war er nicht mehr in der Lage, sich selbstständig fortzubewegen. Der oder die Täter haben Bernd H. mit Gammahydroxybuttersäure (K.-o.-Tropfen) widerstandsunfähig gemacht. Wer hat gegen 5:30 Uhr ein Fahrzeug in der Nähe des Bahnübergangs bemerkt?

Ich machte meine Arbeit. Schnack las die Meldung gegen und beauftragte mich, den Todesfall am nächsten Tag weiter zu recherchieren. Das hätte ich ohnehin getan.

Der Schmerz bleibt

»Die Alte tickt doch nicht sauber«, stellte Pöppelbaum fest.

»Aber die Silberdose mit der Kugel!«, wandte ich ein.

»Das hat sie erfunden. Jetzt, wo der Pastor den Löffel abgegeben hat, sucht sie sich ein neues Opfer, das sie nerven kann – und das Opfer bist diesmal du, Grappa-Baby!«

Wir saßen beim Italiener. Langsam wurde es zur Gewohnheit, dass wir alle unsere Mahlzeiten gemeinsam einnahmen. Ich hatte mir die schärfste Pizza bestellt, die auf der Karte stand. Die Chilischoten verätzten meinen Gaumen. Egal. Manchmal muss man weit gehen, um zu spüren, dass man noch lebt. Schon Johnny Cash hatte das in seinem wundervollen Alters-Lied *Hurt* gesungen. *I hurt myself today, to see if I still feel, I focus on the pain, the only thing that's real …*

Beherzt biss ich in die nächste Schote.

»Grappa, gleich kippst du um«, meinte Wayne besorgt. »Du bist schon ganz rot im Gesicht. Hast du deinen Blutdruck mal gecheckt?«

»Mit mir ist alles okay«, log ich. »Du glaubst also, dass die Falkenberg spinnt. Aber was hätte sie davon? Ihre Tochter ist seit fast fünfzig Jahren verschwunden, vermutlich tot. Selbst wenn Frau Falkenberg sich die Teddy-Geschichte ausgedacht hat … halte ich das fast schon für legitim. Die Leiche der Tochter ist nie gefunden worden, es gibt kein Grab, sie hat keine Möglichkeit zu trauern, abzuschließen und zu vergessen. Der Schmerz lässt nie nach – verstehst du?«

»Ja, sie ist immer noch traumatisiert.« Er trank sein Bier aus und wischte sich den Schaum vom Mund. »Aber jetzt willst du die Herkunft des Teddys herausfinden. Musst du dir das wirklich antun?«

»Ich werde es versuchen. Der Händler führt vielleicht Buch über die Sachen, die er ankauft. Und ich habe der Falkenberg nichts versprochen.«

»In der Trödelszene wird kein Buch geführt«, behauptete Wayne. »Ich hab selbst mal auf Flohmärkten gedealt. Wer zu viel aufschreibt, ist doof, dann kommt nämlich der Onkel vom Finanzamt vorbei und will kassieren.«

»Danke für deine Unterstützung. Mir tut die Falkenberg eben leid.«

»Altersmilde steht dir gut«, grinste der Knipser. »Darf ich dich noch zu einem Nachtisch einladen?«

Wir bestellten *Tortine di ricotta con frutta.* Die Frutta zeigte sich in Gestalt einer Mango. Das Dessert war sensationell gut. Danach Kaffee und *due Grappe*. Gegen Mitternacht gingen wir auseinander.

Zwei Singles, auf die einsame Betten warteten.

Ein Teddy für Clarissa

Am Morgen hatte ich mich entschieden: Die Morde an Kasch und Hummel waren wichtiger als die Herkunft des Teddybären. In der Kaffeeküche traf ich auf Clarissa Schreiner, die sich beklagte, dass Schnack ihr nur simple Aufgaben zuteilte. Sie zählte die letzten Themen auf, über die sie hatte schreiben müssen: Jubilarehrungen, diamantene Hochzeiten und ein Tangowettbewerb auf Schloss Cappenberg.

»Und heute soll ich eine Begleitreportage über eine Hundebusschule schreiben«, jammerte sie. »Die Tölen bekommen beigebracht, wie sie sich in einem Bus verhalten sollen. Ich hasse Busse. Ich hasse Hunde.«

»Dann magst du aber bestimmt Teddybären, oder?«, fragte ich.

»Wieso?«

Ich erklärte ihr, dass ich Hilfe bei einer ausgesprochen komplizierten Recherche gebrauchen konnte, gab ihr die Fotos von Brummel und reichte ihr die Karte des Händlers.

»Peter Mohn, Trödel, Antiquitäten, Haushaltsauflösungen, An- und Verkauf«, las sie laut.

»Wenn du die Herkunft von Brummel klärst, werde ich dich für den Recherchepreis der Tagespresse vorschlagen«, versprach ich. »Die Zusammenhänge erkläre ich dir dann später.«

»Danke. Aber wie komme ich bloß aus der Hundebusnummer raus?« Clarissa schob ab, die Stirn in blonde Denkfalten gelegt.

In der Konferenz verteilte Schnack die weiteren Themen des Tages. Ich war versorgt, denn der Mord an Hummel sollte eine größere Geschichte werden.

»Ich werde das Umfeld des Mannes abgrasen«, kündigte ich an. »Leider gibt die Polizei mal wieder kaum Infos raus. Immerhin haben wir die Fotos, die Hummel uns geschickt hat, weil er sich verfolgt fühlte.«

»Schade, dass Sie den Mann nie getroffen haben, Frau Kollegin«, nörgelte Schnack. »Woran hat es gelegen? Das Sekretariat hat mehrmals eine Rückrufbitte für Sie notiert.«

»Ich habe ihn ja angerufen, aber da war es schon zu spät. Außerdem passte sein Beispiel nicht in die Stalkingserie. Ich habe ihm geraten, sich an die Polizei zu wenden – was er ja auch getan hat.«

»Da erwarte ich nun aber mehr, Frau Grappa.«

»Den Mörder werde ich Ihnen nicht auf dem Silbertablett präsentieren können, Herr Schnack«, sagte ich.

»Es reicht, wenn die Story spannend und geheimnisvoll ist. Unsere Leser wollen unterhalten werden.«

»Oh. Vielen Dank, ich lerne täglich dazu«, lächelte ich zuckersüß. Ich hasste seine Belehrungen.

Clarissa Schreiner sorgte dafür, dass sich Schnacks Laune weiter verschlechterte. »Ich habe eine Hundehaarallergie«, tat sie kund. »Also kann ich die Reportage über die Hundebusschule nicht machen.«

»Und das fällt Ihnen heute ein?«, fragte der Chef.

»Ich weiß es erst seit gestern«, behauptete sie. »Ich kann Ihnen gern ein ärztliches Attest vorlegen.«

Gut geblufft, dachte ich, hoffentlich geht der Schuss nicht nach hinten los.

»Ich bitte darum«, sagte Schnack. »Und zwar bald.« Er sah sich um. »Hat jemand Interesse an der Hundebusschule?«

Das erwies sich als rhetorische Frage: Niemand meldete sich.

»Frau Doktor?« Wieder mal war Wurbelchen dran. »Tiere sind doch Ihr Ressort.«

»Sagten Sie nicht eben, dass unsere Leser spannende und geheimnisvolle Geschichten lesen wollen, Herr Kollege?«, konterte Mäggi. »Was ist spannend und geheimnisvoll an einem Köter, der nicht in den Bus reinwill?«

Stille.

Dann leises Kichern. Mäggi und Schnack kreuzten die Blicke. High Noon. Ich hörte die Titelmelodie aus *Spiel mir das Lied vom Tod.*

Wayne stieß mich in die Seite. »Der geht gleich ab. Wetten?«

»Also lassen wir die Hundebusschule fallen.« Schnack schniefte in sein Taschentuch. Er war frustriert. »Ich wusste nicht, dass die tägliche Arbeit an diesem Blatt vom individuellen Lustprinzip bestimmt wird. Und wozu haben Sie heute Lust, Herr Harras?«

»Gestern gab es beim Training unseres Vereins Drohnenalarm«, erklärte Harras. »Und das war nicht das Schlimmste: An dem Hubschrauber war eine königsblaue Vereinsflagge angebracht! Die Spieler waren dermaßen schockiert, dass das Training abgebrochen werden musste. Das Ding landete schließlich im schwarz-gelben Fangzaun. Jetzt sucht der Verein den Besitzer der Drohne. Die haben sogar eine Belohnung von zehntausend Euro ausgesetzt.«

»Mensch, Grappa«, mischte sich Wayne ein. »Kannst du mich melden? Ich gebe alles zu, du bekommst zehntausend Öcken und wir machen halbe-halbe.«

»Gibt es Fotos von der Drohne?«, fragte Schnack.

»Ja, Handyfotos von den Zuschauern«, antwortete Harras. »Ich hab mir die schon gesichert.«

»Sehr gut.« Endlich war Schnack zufrieden. »Ich wünsche einen erfolgreichen Arbeitstag.«

»Du hast uns den Arsch gerettet«, lobte Pöppelbaum nach der Konferenz. »Schnack war kurz vorm Nervenzusammenbruch.«

»Danke«, sagten Harras und ich gleichzeitig.

»Ja, du auch, Grappa-Baby«, lachte Wayne. »Fahren wir jetzt zu Hummels Bude oder essen wir erst mal zu Mittag?«

Trautes Heim ist anders

In der Kantine gab es neben der traditionellen Currywurst mit Pommes das ebenfalls traditionelle Resteessen. Was im Laufe der Woche übrig geblieben war, wurde gut gewürzt, mit Nudeln vermischt und mit Käse überbacken. Das schmeckte meistens gut. Die Namen für die Gerichte waren von Kreativität geprägt. *Vegetarisches Wurst-Gratin*, *Gemüselasagne à la africaine* oder – wie heute – *Moussaka auf westfälische Art*.

Simon, Wayne und ich entschieden uns für Currywurst, Clarissa genehmigte sich eine Kinderportion *Moussaka*.

»Die Nummer mit der Hundeallergie war großes Kino«, lobte ich die Sommerpraktikantin. »Wo willst du denn jetzt das Attest herkriegen?«

Sie grinste. »Ich kenne einen Arzt. Der gräbt mich schon seit Wochen an. Vielleicht kann ich ihn ja überzeugen ...«

»Ganzkörpereinsatz?«, fragte Wayne.

»Ein Abendessen reicht«, meinte sie. »Ich verkaufe mich nicht unter Wert.«

»Ach? Was muss ich tun, damit du ...«, Simon machte eine unmissverständliche Geste.

»Wichser!«, kaute Clarissa.

»Lasst Clarissa in Frieden«, sagte ich. »Sie steht ab heute unter meinem Schutz. Ich habe sie mit einer schwierigen Recherche beauftragt.«

Bernd Hummel wohnte nicht so, wie ich es mir vorgestellt hatte. Ihm gehörte eine Holzhütte auf dem Campingplatz

Ruhr-Beach, der überraschenderweise an der Ruhr lag. Ganzjähriges Wohnen war hier zwar verboten, wurde aber stillschweigend geduldet. Es gab einfach zu viele Menschen, die sich keine Mietwohnung leisten konnten.

Die Hütte war weiß gestrichen. Sie stand auf Pfählen, damit sie beim Flusshochwasser nicht geflutet wurde. Vordach, Gartenbank und ein paar große Blumenkübel mit Pflanzen. Neben der Hütte ein aufblasbares Bassin, über den Wasserpfützen tanzten Libellen. Ein Fenster neben der Eingangstür, an den Seitenwänden jeweils eins. Die geblümten Gardinen gestatteten keinen Blick ins Innere. Das Polizeisiegel an der Tür verbot den Eintritt.

»Warte mal.«

Ein Fenster war schräg gestellt. Ich suchte einen Ast, steckte ihn in die Spalte zwischen Wand und Fensterrahmen und schob die Gardine zurück. Im Halbdunkel erkannten wir einen Heizofen, eine kurze Küchenzeile, ein schmales Bett, einen Tisch mit PC, ein Waschbecken und einen kleinen Paravent, hinter dem sich vermutlich die Toilette befand. Über dem Waschbecken hing ein Warmwasserboiler. Waynes Blitz erhellte das hübsche Ambiente.

»Trautes Heim ist anders«, meinte ich.

»Wenn ich so wohnen müsste, würde ich mich auch auf die Schienen legen«, setzte Wayne nach.

»Jedenfalls lebte Hummel mitten in den Natur«, stellte ich fest. »Das hat auch nicht jeder. Schau mal, wie sich der Fluss sanft in die Biegung legt. Seit die Ruhr halbwegs renaturiert worden ist, sind die Wiesen richtig romantisch geworden.«

»Ja, früher nannte man den Abschnitt hier *Köttelbecke* – und das aus gutem Grund.«

Ein Camper in lilafarbenem Jogginganzug mit silbernen Stickereien pirschte sich an uns heran. Sein Gesichtsausdruck ähnelte dem einer missgelaunten Bulldogge.

»Den schütteln wir«, raunte ich Wayne zu.

»Du zuerst«, gab er zurück.

Ich nickte.

»Guten Tag, der Herr«, lächelte ich. »Endlich jemand, der sich hier auskennt. Wir sind Reporter des *Tageblattes*, der freundlichen Familienzeitung mit den noch freundlicheren Themen. Uns interessiert, wie die Dauercamper hier mit der Umgestaltung der Ruhrwiesen klarkommen. Ist ja Idylle pur hier, oder?«

Mein Redeschwall zeigte Wirkung, die Lefzen des Kampfhundes hörten auf zu zittern. Wayne fotografierte den Fluss, das Grün und die Fischreiher in den Bäumen.

»Geht so«, äußerte sich der Camper. »Wofür ist das noch mal? RTL?«

»Nein. *Tageblatt.* Zeitung.«

»Hab ich abbestellt«, bekannte der Mann. »Zu teuer. Die Zwangsgebühren für die Glotze reichen schon.«

»Gehört das weiße Häuschen Ihnen?«, fragte ich, auf Hummels Hütte deutend.

»Nee, das gehört dem Bernd. Oder gehörte. Der ist nicht mehr.« Er schnaufte. »Der hat es hinter sich. Jemand hat ihn totgemacht.«

»Kannten Sie den armen Mann?«, rief ich.

»Hier kennt jeder jeden. Der Bernd war schon in Ordnung. Der ließ zwar keinen so richtig an sich ran, aber er störte auch keinen. Das hab ich der Polizei auch genauso gesagt.«

»Wie lange wohnte der Bernd denn schon hier?«

Der Camper überlegte. »Als ich herkam, war er schon ein paar Jahre da.«

»Hatte er Familie?«

»Ich hab nie jemanden gesehen. Auch keinen Besuch.«

Der Kerl war alles andere als eine sprudelnde Informationsquelle.

»Und wovon hat er gelebt?«, fragte ich.

»Grundsicherung vom Amt. Er war Frührentner. Mit Attest und so.«

»Ist ja schlimm, mit Ende dreißig schon so krank zu sein. Woran litt er denn?«

»Rücken.«

»Verstehe. Und wie war er so? Hatte er viel Kontakt zu den Leuten hier?«

»Ich sagte doch schon, dass er ein bisschen schwierig war. Aber er hat gern mal einen gehoben. Beim letzten Platzfest war er noch dabei.«

»Platzfest?«, mischte sich Wayne ein. »Wann war das?«

»Vor vier Wochen.«

»Gibt es davon Fotos?«, fragte Wayne weiter.

Gute Idee, dachte ich.

»Klar. Soll ich mal gucken gehen?«

Wir nickten.

Der lila Jogginganzug entfernte sich und betrat das Vorzelt eines Wohnwagens.

»Kram schon mal einen Schein raus, Grappa«, riet Wayne.

»Erst will ich die Fotos sehen.«

»Da kommt er ja schon.«

»Das isser.« Der Typ deutete auf einen Mann: Bernd Hummel inmitten fröhlicher Dauercamper. Hummel hielt ein Glas Bier in die Kamera.

»Prima. Das Foto brauchen wir.«

»Verstehe«, sagte der Mann und hielt das Foto fest.

Ich griff in mein Portemonnaie, zog einen Zwanzigeuroschein heraus und steckte ihn dem Mann zu. »Ein kleines Danke für Ihre Freundlichkeit.«

Mit verblüfftem Gesichtsausdruck nickte er. Er war es vermutlich nicht gewohnt, als *freundlich* bezeichnet zu werden.

»Wir gucken uns hier noch ein bisschen um, wenn Sie nichts dagegen haben.«

Pöppelbaum stand schon wieder vor der weißen Hütte und ich folgte ihm. Eine Papiertonne hinter dem Haus erregte meine Aufmerksamkeit. Im Müll anderer Leute waren manchmal wichtige Hinweise zu entdecken.

Leider nicht immer. Ich blätterte mich durch Reklame, Flyer und feuchtes Zeitungspapier. Keine Briefe oder persönliche Schreiben. Ich griff tiefer in die Tonne und zog auf gut Glück den nächsten Stapel heraus. Eine gerupfte Ente in einem Bräter schaute mich neckisch an. *Le canard plumé.*

Ich las den Text:

Wir freuen uns, Ihnen mitteilen zu dürfen, dass Sie einer der Gewinner unseres Gewinnspiels sind und den dritten Preis gewonnen haben: ein Abendessen nach Wahl für zwei Personen inklusive Getränke. Setzen Sie sich mit unserem Restaurant telefonisch in Verbindung. Wir reservieren sehr gern einen Tisch für Sie. Bringen Sie diese Gewinnbenachrichtigung und Ihren Personalausweis am Abend mit.

Mit freundlichen Grüßen – Dominique Lavant

Gewinnspiel und Verfolgungswahn

Gab es eine Verbindung zwischen Pfarrer Kasch und Bernd Hummel? Mir wurde heiß und kalt. Beide waren erst mit K.-o.-Tropfen widerstandsunfähig gemacht und dann getötet worden. Und beide hatten irgendwie mit Dominique Lavant zu tun.

Ich steckte das Papier ein. Unter dem misstrauischen Blick des lilafarbenen Campers liefen wir zum Parkplatz.

»Moment«, sagte ich zu Wayne, »geh schon mal vor.«

Zurück bei dem Lilafarbenen, zog ich die Gewinnbenachrichtigung aus der Handtasche. »Ich hab doch noch eine Frage. Hummel hat bei einem Preisausschreiben gewonnen. Ein tolles Essen in einem Nobelrestaurant. Hat er darüber etwas erzählt?« Ich wies auf das Papier.

»Nee. Der hat wenig erzählt.«

In der Redaktion besuchte ich die Homepage des Restaurants. *Unser monatliches Gewinnspiel für Sie* – stand schon auf der Startseite. Diesmal klickte ich auf den Button. Folgende Fragen mussten beantwortet werden:

1. Wie wurden Sie auf diese Seiten aufmerksam?
2. Gefällt Ihnen unsere Homepage?
3. Was heißt Le canard plumé auf Deutsch?

Folgende Preise warten auf die Teilnehmer:
Eine Woche für zwei Personen in einem Wellnesshotel
Eine Übernachtung für zwei Personen im Himmelbett eines Romantikhotels
Ein tolles Schlemmermenü für zwei nach Wahl (inkl. Getränke)
Zehnmal eine Flasche Champagner

Das Gewinnspiel hatte es also tatsächlich gegeben. Ich schob die neuen Informationen zunächst in die Warteschleife.

Fünfzig Zeilen über das Mordopfer Bernd Hummel mussten geschrieben werden. Wayne machte sich an die Fotoauswahl. Die Camper-Idylle mit Holzhütte und Polizeisiegel, Hummel inmitten der fröhlichen Saufrunde, der Bahnübergang und ein Screenshot von einer der Mails, in der er von einer Bedrohung berichtete.

Spurensuche an der Ruhr:
Wer tötete Dauercamper Bernd H.?
Er bewohnte ein bescheidenes Holzhaus an der Ruhr bei Witten, führte ein zurückgezogenes Leben, hatte wenig Kontakt zu anderen Menschen – dies sind die Eindrücke vom Leben des Bernd H. Der 37-Jährige wurde tot auf den Schienen gefunden. Zunächst gingen die Ermittler von Selbstmord aus – wir berichteten. Bei der Obduktion der Leiche wurden jedoch im Blut Spuren von K.-o.-Tropfen nachgewiesen. Der Mörder muss den betäubten Mann

mit einem Fahrzeug zu den Gleisen der Regionalbahn (Foto) gebracht haben. Dort wurde er von einem Zug überrollt und tödlich verletzt.

Frührentner H. bekam nach Zeugenaussagen kaum Besuch und lebte von der Grundsicherung. Dennoch hatte Bernd H. Angst. Er hatte kurz vor seinem Tod Kontakt zum *Tageblatt* aufgenommen, weil er sich von Unbekannten verfolgt fühlte. Nachforschungen der Polizei haben jedoch keine Anhaltspunkte für eine reale Bedrohung ergeben.

Ich versah die Fotos mit aussagekräftigen Bildunterzeilen und formulierte einen Internethinweis. In einer Bilderstrecke stellte ich ein paar der Fotos zusammen, die mir Bernd Hummel geschickt hatte, suchte seine erste Mail heraus und las sie noch einmal …

Ich werde seit geraumer Zeit von mehreren Personen gestalkt … Sie wollen gesehen werden, bleiben aber auf Abstand. Auch mit einer Reihe von Telefonanrufen wurde ich belästigt. Sicher gibt es einen Strippenzieher, der das Ganze organisiert und mit dem Auftraggeber in Verbindung steht.

Ein Strippenzieher? Ein Auftraggeber? Verfolgungswahn eines einsamen Menschen oder eine reale Bedrohung, die schließlich in einen Mord mündete? In meinem Kopf ging es wild durcheinander.

Bevor ich mich ins Wochenende begab, schaute ich mir erneut die Namensliste der Ferienlagerteilnehmer an, doch ich erhielt keine neuen Erkenntnisse. Hummel war damals vierzehn oder fünfzehn Jahre alt gewesen. Das passte gut, aber den Namen Bernd Hummel fand ich nicht auf der Liste.

Um ganz sicher zu gehen, rief ich Thomas Breitenbach und Philip Most an. Doch auch sie konnten sich an keinen Jungen dieses Namens erinnern.

Am Abend gab die Staatsanwaltschaft eine weitere kurze Mitteilung zum Mord an Hummel heraus. Ein Zeuge wollte zum Zeitpunkt der Tat einen weißen Kastenwagen in der Nähe des Bahnübergangs gesehen haben. Doch es wurden weder Teile des Kennzeichens noch die Automarke erwähnt. Ich ergänzte meinen Artikel um diesen Hinweis und fuhr den Rechner runter.

Willst du Bierstadt oben sehen, musst du die Tabelle drehen

Wochenende. Was lag an?

Einkaufen, Hausputz, ein Kessel Buntes und vielleicht eine Runde Gartenarbeit.

Ich kochte eine Kanne Kaffee, holte das *Tageblatt* aus dem Briefkasten und setzte mich auf die Terrasse.

Spionage beim Fußballtraining:
Wer steuerte die königsblaue Drohne?

Harras' Kommentar über die blau-weiße Drohne triefte vor Ironie. Der schwarz-gelbe Verein war in der Liga auf einen Abstiegsplatz gerutscht. Borussia Bierstadt, der Deutsche Meister von einst, war zum Gespött geworden und Trainer Mopp, sonst um keinen Spruch verlegen, zeigte sich kleinlaut und sprach vom Abstiegskampf.

Willst du Bierstadt oben sehen, musst du die Tabelle drehen, witzelte Harras.

Warum also spioniert Schalke das Training aus? Wollen die wissen, wie man es nicht macht? Oder glaubt Trainer Mopp, dass der Anblick der königsblauen Vereinsflagge seine Jungs auf Trab bringt?

Der Artikel war mit einigen Handyfotos garniert, die uns Zuschauer für ein geringes Honorar verkauft hatten.

> Der kleine Hubschrauber ist die meistverkaufte Drohne der Welt, eine DJI Phantom, die für tausend Euro zu haben ist.

wurde ein Fachmann zitiert.

> Es gibt viele Drohnen in Privathand und viele Menschen, die damit auch umgehen können. Eine Drohne wird über Funk von außerhalb gesteuert. Ihre Reichweite liegt zwischen fünfhundert und tausend Metern.

Die Polizei hatte das Fluggerät untersuchen lassen, aber keinen Hinweis auf den Besitzer gefunden. Die Belohnung von zehntausend Euro allerdings wollten sich viele nicht entgehen lassen. Beim Verein waren zahlreiche Geständnisse eingegangen. Doch niemand konnte durch Vorlage der Aufnahmen beweisen, dass er die Drohne gestartet hatte.

Mäggi hatte sich im Kulturteil über eine Sinfonie im Konzerthaus ausgetobt. *Schöner sterben mit Mahler* – so der Titel ihrer Schmähkritik, die in einem interessanten Vorschlag gipfelte:

> Wie wäre es, wenn in unseren Theatern und Konzertsälen statt Eintrittsgeld das Austrittsgeld eingeführt würde? Wenn ich mit der Leistung der Künstler zufrieden bin, zahle ich am Ende der Veranstaltung das, was mir die Sache wert war.

Ein Windstoß entriss mir die Zeitung und zerlegte sie in einzelne Seiten. Ich sammelte die Blätter auf. Mein Blick fiel auf eine Annonce. Das Restaurant *Le canard plumé* lud am morgigen Sonntag zu einem sommerlichen Vier-Gänge-Menü ein. Es gab *Knusprige Spargel-Quiches mit Mangoldsalat, Kaninchenkeulen in Riesling-Sahne, Pommes Macaire, karamellisierte Möhrchen, Birnen in Rotweingelee* – alles zu einem Kennenlernpreis von fünfzig Euro pro Person. Dominique Lavant ließ die Gäste sogar einen Blick in seine Küche werfen – so wurde angekündigt.

Da war die Gelegenheit, den Mann in Augenschein zu nehmen. Ich reservierte zwei Plätze auf den Namen Schmitz. Jetzt musste ich nur noch die Bäckerin überzeugen.

Zwei Damen haben Ausgang

Natürlich war Anneliese Schmitz begeistert, dass sie mir bei einer Recherche behilflich sein konnte. Ich holte sie zu Hause ab.

»Kann ich so gehen?«, fragte sie.

»Du siehst toll aus, Frau Schmitz«, stellte ich fest. »Wie eine französische Madame.«

»Was heißt das?«

»Gepflegt, dezent geschminkt und elegant.«

»Dann war das ja ein echtes Kompliment, Frau Grappa!«, grinste die Bäckerin.

»Wenn ich jemandem ein Kompliment mache, ist das immer echt. Sonst sag ich lieber gar nichts. Dann mal los, Frau Schmitz.«

Das Restaurant befand sich etwa sechzig Kilometer von Bierstadt entfernt oberhalb des Möhnesees. Die Gegend war ein beliebtes Naherholungsgebiet – besonders für Wanderer und Wasserratten. Doch auch historisch Interessierte kamen auf ihre Kosten: 1943 wurde die Staumauer bombardiert und zerstört, mindestens 1.600 Menschen starben, darunter viele ausländische Zwangsarbeiter und Kriegsgefangene. Darüber gab es eine Ausstellung, deren Besuch zum Pflichtprogramm der umliegenden Schulklassen gehörte.

Das Restaurant verfügte über eine Glasfront mit Blick auf See, Wald und Himmel. Ein Kellner führte uns zu unserem

Tisch. Gutes Porzellan, Silberbesteck statt Edelstahl, Kristallgläser, Kerzenlicht, Mineralwasser in Glasflaschen und leise Musik.

»Nicht übel«, sagte ich.

»Schön isses hier«, nickte Frau Schmitz. »Wie im Urlaub.«

Ich schaute nach den Leuten – niemand, den ich kannte. Auch niemand, der Dominique Lavant hätte sein können.

»Ein Gruß aus der Küche. Kräuterfrittata mit Lachsschinken.« Der Kellner stellte uns zwei Tellerchen hin.

»Das ist ja sehr übersichtlich«, stellte Frau Schmitz fest, als der Kellner außer Hörweite war.

»Das sind die *Amuse-Gueules* immer. Sie sollen den Gaumen nur kitzeln und auf kommende Genüsse vorbereiten.«

»Aha. So eine Art Vorglühen?«

»Du hast es erfasst. Die Dinger müssen mit einem Happs im Mund verschwinden.«

Das ließ sich Frau Schmitz nicht zweimal sagen. Sie versenkte den Küchengruß in ihrem Mund. »Lecker.«

»Na, siehste.«

»Guck mal, Frau Grappa, ist er das nicht?« Frau Schmitz sah an mir vorbei.

Ich drehte mich unauffällig um. Dominique Lavant stand an einem der Tische und begrüßte die Gäste.

»Ja, das ist er«, bestätigte ich.

»Boah, das ist ja ein schöner Mann«, flüsterte sie.

Dem konnte ich nicht widersprechen. Groß, gut gebaut, graue Schläfen und ein interessant geschnittenes Gesicht. George Clooney vom Möhnesee.

»Kommt der auch zu uns an den Tisch?«, fragte Frau Schmitz.

»Das will ich doch hoffen«, sagte ich forsch.

»Was willst du ihm denn sagen, Frau Grappa?«

»Keine Ahnung. Ich lasse es auf uns zukommen. Und dann improvisiere ich.«

»Und ich?«

»Du sagst erst mal gar nichts, Frau Schmitz.«

Je näher uns Lavant kam, desto kribbeliger wurde ich. Jetzt war er schon am Nebentisch und machte dort Small Talk. Sein leicht französischer Akzent war sehr charmant. Ich nahm einen Schluck Mineralwasser und atmete durch.

»Guten Abend, die Damen. Ich heiße Sie willkommen«, sagte er und verbeugte sich kurz. »Ist alles nach Ihren Wünschen?«

»Das werden wir sehen. Immerhin gibt der Gruß aus der Küche zu den schönsten Hoffnungen Anlass«, säuselte ich.

»Haben Sie mein Restaurant schon einmal besucht?«

»Bisher noch nicht. Aber das Ambiente gefällt uns, nicht wahr?« Die Frage war an Frau Schmitz gerichtet. Doch die gab keinen Piep von sich.

»Ich freue mich, dass Sie sich wohlfühlen«, lächelte der Koch. »Ich werde mich nach dem Menü noch einmal nach Ihrer Meinung erkundigen, wenn Sie erlauben.«

Wieder eine knappe Verbeugung und weg war er.

»Warum antwortest du denn nicht, Frau Schmitz?«

»Weil du gesagt hast, dass ich den Mund halten soll.«

»Ein einfaches Ja wäre ja noch drin gewesen, oder?«

»Aha. Jetzt plötzlich.« Sie war verschnupft.

»Entschuldige.«

Lavant hatte seine Begrüßungstour beendet. Die Kellner trugen die Vorspeise auf – die *Spargel-Quiches mit Mangoldsalat*. Frau Schmitz stach beherzt mit der Gabel in das kleine Törtchen und probierte.

»Da ist ja Ziegenkäse drin«, rief sie aus. »Ich mag keinen Ziegenkäse. Der schmeckt so, wie Pisse riecht.«

»Dann lass den Käse liegen«, schlug ich vor. »Danach kommt das Karnickel. Oder magst du das auch nicht?«

Sie schob den Teller von sich.

Prompt rückte der Kellner an. »Haben Sie etwas zu beanstanden?«

Ich erklärte ihm die Sachlage.

»Wir werden eine andere Vorspeise zubereiten«, lächelte er. »Einen kleinen Augenblick, die Damen.«

Drei Minuten später hatte Frau Schmitz einen neuen Teller vor sich stehen. Nach Aussage des Kellners war darauf *Fruchtiger Avocado-Salat mit Mango und Radicchio* angerichtet.

Mit Leichenbittermiene machte sich Frau Schmitz darüber her.

Irgendwie ging der Abend den Bach runter. Die Mango fand vor Frau Schmitz' Geschmacksnerven noch Gnade, die roten Radicchio-Blätter schob sie aber an den Tellerrand und die Avocado-Spalten zerdrückte sie mit ihrer Gabel zu einem schleimigen Brei.

Der Kellner zuckte nicht mit der Wimper, als er das Schlachtfeld auf dem Teller abräumte.

»Jetzt bin ich dir wohl peinlich, Frau Grappa?«

»Nein. Wir sind die Gäste und bezahlen. Also können wir mit dem Essen machen, was wir wollen. Allerdings hegte ich kurzzeitig die Befürchtung, dass du aus dem Avocadobrei eine Gesichtsmaske kreieren wolltest.«

Wir lachten. Das entspannte die Lage.

Das Kaninchen war zart, die Riesling-Sahne, die Kartoffelplätzchen und die Möhren sensationell lecker. Na also.

»Guck mal«, sagte Frau Schmitz und fixierte einen Punkt in meinem Rücken. Ich drehte mich um. Nichts Besonderes.

»Was denn?«

»Siehst du das Auto nicht?«

Ja. Ein weißer Kastenwagen stand auf dem Parkplatz im Licht der Laterne.

»Du hast doch geschrieben, dass so ein Auto gesehen worden ist, als dieser Mann auf die Gleise gelegt wurde. Richtig?«

»Ja. Aber … solche Autos gibt es in Massen.«

»Ich guck mir den Wagen mal näher an und schreib mir das Kennzeichen auf«, kündigte Frau Schmitz an, tupfte sich mit der Serviette den Mund ab und erhob sich.

Ich widersprach nicht.

Von meinem Platz aus beobachtete ich, wie sie sich dem Kleintransporter näherte. Sie schaute in den Wagen hinein, trat hinter ihn und schrieb etwas auf. Dann warf sie mir einen total unauffälligen Gruß zu. Zwei Minuten später saß sie wieder am Tisch.

»Wie war ich?«

»So hab ich mir verdeckte Ermittlungen immer vorgestellt«, meinte ich.

»Rate mal, wem der Wagen gehört?«

»Weißt du das etwa?«, fragte ich verdattert.

»Der gehört zum Restaurant. Hinten liegen leere Weinflaschen drin und auf dem Beifahrersitz druckfrische Prospekte von dem Laden hier.«

Ich guckte sie an, als wäre sie eine Außerirdische. »Du bist gut, Frau Schmitz«, lobte ich. »Dann muss jetzt mal ich nach draußen.«

Auf dem Weg zum Parkplatz kramte ich mein Smartphone aus der Tasche und fotografierte den Wagen. Wenn der betäubte Hummel damit transportiert worden war, würden Kriminaltechniker vielleicht noch Spuren finden können.

Ich ging ins Restaurant zurück. Inzwischen war das Dessert gebracht worden. *Birnen in Rotweingelee.*

Frau Schmitz löffelte schon. »Das schmeckt aber gut.«

»Du kannst meins auch noch haben«, sagte ich. »Mir ist grad nicht nach Süßem.«

»Au ja, eh ich mich prügeln lass«, freute sie sich.

»War alles zu Ihrer Zufriedenheit?« Dominique Lavant stand wieder neben unserem Tisch.

»Alles wunderbar«, strahlte ich. »Das Kaninchen war göttlich, die Möhren genial und die Birne so sensationell, dass meine Freundin meine Portion auch noch isst.«

»Wünschen Sie ein anderes Dessert? Oder vielleicht einen Espresso?«

»Danke, nicht nötig. Es ist wirklich sehr schön bei Ihnen.«

»Es freut mich, dass Sie einen angenehmen Abend hatten, Frau Grappa.«

Begegnung mit Blumenbouquet

Frau Schmitz war im Restaurant geblieben und beschäftigte sich mit der zweiten Dessertportion. Ich saß in Lavants Büro.

»Woher wussten Sie …?«

»Ihre Stimme kam mir bekannt vor. Und dann habe ich gegoogelt. Es gibt zwar nicht viele Fotos von Ihnen im Netz, aber Sie sind unverkennbar. Rote Haare. Taff. Mutig. Tolle Journalistin.«

Huch. Schleimte der Koch?

»Danke für die Blumen«, erwiderte ich lahm.

»Warum sind Sie hier?«, kam er zur Sache.

»Um mir ein Bild zu machen.«

»Von mir?«

»Ja, auch.«

»Was ist denn so interessant an mir?«

»Die alte Geschichte. Die tote Nanette. Der ermordete Pfarrer. Und jetzt der Camper.«

»Sie meinen den Toten von den Schienen?«

»Ja. Sie sind ja gut informiert.«

Er lachte. »Ich lese neuerdings das *Bierstädter Tageblatt* sehr ausführlich. In der Hoffnung, etwas Neues über den Mord an Pfarrer Kasch zu erfahren.«

»Die Behörden tappen leider noch im Dunklen«, erklärte ich. »Obwohl es zum Fall des toten Campers Parallelen gibt.«

»Sie meinen die K.-o.-Tropfen?«

»Genau. Und noch etwas ist interessant. Bernd Hummel hat Ihr Restaurant besucht.«

»Hummel – so heißt der ermordete Mann?«

War er so naiv oder spielte er mir was vor?

Ich nickte.

»Da ich den Herrn nicht kannte, kann ich das weder bestätigen noch bestreiten.«

»Er hatte ein Essen gewonnen.«

»Ach, unser Gewinnspiel!«, rief Lavant amüsiert aus. »Das kann natürlich sein. Jeden Monat machen wir das, um neue Gäste zu generieren. Läuft über eine PR-Agentur. Aber ich hab natürlich eine Liste der Gewinner. Kennen Sie das Datum?«

Ich nannte es ihm. Er ging zu einem Regal, zog einen Aktenordner heraus und blätterte.

»Stimmt«, sagte er. »Bernd Hummel. Zwei Personen.«

Er reichte mir das Papier.

»Zwei Personen?«, fragte ich überrascht. »Wer war die zweite Person?«

»Das weiß ich nicht. Ich kann aber gern bei meinen Angestellten nachfragen, wenn Sie das unbedingt wissen wollen. Ich selbst war an diesem Abend nicht im Restaurant.«

»Wo waren Sie denn?«

»Liebe Frau Grappa! Jetzt übertreiben Sie aber. Muss ich der Presse gegenüber ein Alibi nachweisen?«

»Natürlich nicht.«

»Dann ist ja gut!« Er hatte viel Spott in der Stimme. »Doch ich kann Sie beruhigen: Wenn die Polizei mich nach einem Alibi fragt, werde ich antworten.«

»Vielleicht war es wirklich ein dummer Zufall, dass Hummel hier war. Er wurde übrigens mit einem weißen Kastenwagen zu der Bahnstrecke transportiert. In so einem, wie er auf Ihrem Hof steht. Das alles ist verwirrend, finden Sie nicht?«

»Machen Sie sich nicht lächerlich – solche Autos sind weitverbreitet.« Lavant lockerte seine Krawatte. Er wirkte mit einem Mal müde und abgeschlagen. »Können wir das Gespräch jetzt beenden? Ich hatte einen langen Tag.«

Falsche Spuren und neuer Job

»Ich glaube, ich verfolge die falsche Spur«, sagte ich, als wir auf dem Rückweg waren. »Warum sollte Lavant Hummel töten? Wenn es eine Verbindung von Hummel zum Ferienlager gäbe, dann würde manches Sinn machen. Aber so?«

»Dann hat er eben nur den Pfarrer auf dem Gewissen.«

»Vielleicht. Doch warum erst jetzt?«

»Vielleicht hat er jetzt erst geschnallt, was damals passiert ist«, entgegnete Frau Schmitz.

»Und warum sollte Kasch Nanette getötet haben? Die Polizei hat damals alles und jeden überprüft. Es ist nichts dabei herausgekommen.«

»Und wenn der Koch es selbst war?«

»Wie meinst du das?«

»Wenn der Koch selbst Nanette getötet hat?«

»Die beiden waren verlobt.«

»Na, und? Mord aus Leidenschaft! Vielleicht wollte sie sich trennen oder es gab Streit aus einem anderen Grund. Dir muss ich doch nichts über Mord im Affekt erzählen, Frau Grappa. Kasch hat vielleicht geahnt, was damals passiert ist.«

»Über zwanzig Jahre nach der Tat?«

Keine Antwort. Ein paar Minuten später war Frau Schmitz auf dem Beifahrersitz eingeschlafen. Die Autobahn war fast leer und ich kam gut voran. Noch vor Mitternacht setzte ich die Bäckerin vor ihrem Häuschen ab und fuhr südwärts nach Hause.

Ich sah meine Nachrichten durch. Wayne hatte mir eine Mail geschickt. Im Anhang fand ich einen Artikel aus einer politischen Wochenzeitschrift.

Das wird dich interessieren – schrieb der Knipser.

Ja, das tat es auch. Thema des Artikels war Friedemann Kleists neuer Job.

Landeskriminalamt NRW richtet Analyse- und Auswerteprojekt gegen Salafistenkriminalität ein

– so die Überschrift.

Die Sicherheitslage in Deutschland ist angespannt. Es besteht Anlass zur Sorge, dass sich die gewalttätigen Auseinandersetzungen zwischen den verschiedenen Extremisten auf deutschen Straßen weiter verstärken. Deshalb richtet das Landeskriminalamt NRW ein landesweites, operativ orientiertes und fachübergreifend ausgerichtetes Analyse- und Auswerteprojekt über Salafisten ein. Unter Einbeziehung von Experten der Bekämpfung der organisierten Kriminalität und von Staatsschutzdelikten sollen mehr Erkenntnisse über die gewaltbereite Salafistenszene gewonnen werden. »Wir nutzen mit diesem Auswerte- und Analyseprojekt Instrumente, die wir sonst bei der Bekämpfung der organisierten Kriminalität einsetzen und die sich dort bereits bewährt haben«, erklärte der neue Leiter des Analysezentrums Dr. Friedemann Kleist. »Wir werden entschlossen gegen Gewalttäter vorgehen. Die Kontakte zwischen Salafisten und der Terrorgruppe Islamischer Staat (IS) müssen intensiv beobachtet und gegebenenfalls unterbunden werden.«

Auch zum IS-Verbot nahm Kleist Stellung.

»Ein Verbot trägt kaum dazu bei, die Ausreise von Sympathisanten zu verhindern. Solange alles, worauf es wirklich ankommt, in den Hinterzimmern von Moscheen oder Vereinen geschieht, wird ein Verbot nichts bringen, vielleicht sogar den Zulauf zu den Terroristen verstärken. Es ist nur eine Frage der Zeit, wann es in Deutschland einen islamistischen Terroranschlag geben wird.«

Jetzt wusste ich wenigstens, wo sich Kleist nützlich machte. Sollte er Salafisten jagen und sich mit den IS-Strolchen anlegen. Ich schrieb Wayne zurück und bedankte mich für die Information.

Ich nahm einen Schluck Wein. Dabei ließ ich die Fakten zu den beiden Morden Revue passieren. Doch richtig konzentrieren konnte ich mich nicht. Immer wieder schlich sich ein Bild in mein Hirn. Es zeigte einen grinsenden IS-Terroristen mit abgeschnittenem Kopf in der Hand. Kleists Kopf.

Sei mal weniger dramatisch, ermahnte ich mich und schenkte mir ein zweites Glas ein. Prompt behielt Kleist seinen Kopf auf dem Hals.

Gruß aus Ostafrika

»Ich muss dich dringend sprechen.« Mäggi Wurbel-Simonis sah aus wie durch den Wolf gedreht. Ihre Haare hingen strähnig herab, die Bluse hatte sie falsch zugeknöpft und die Schmetterlingsbrille war verschmiert.

»Nicht hier«, sagte ich, denn das Großraumbüro füllte sich langsam. Sarah schaute zu uns her, stutzte und grinste in sich hinein. Für die Kollegen war es noch immer ein unlösbares Rätsel, warum wir uns neuerdings nicht mehr anfeindeten. Über ein endgültiges Ende des Palästina-Konflikts wäre die Verwunderung geringer gewesen.

Ich schob Mäggi in mein Büro, holte zwei Becher Kaffee und forderte sie zum Reden auf.

»Er ist da.«

Ich ahnte, wen sie meinte, fragte aber trotzdem: »Wer?«

»Mamadou. Dieser Mann aus Kenia.«

»Du wusstest nicht, dass er kommen wollte?«

»Aber nein!«, rief sie aus. »Vergangene Nacht klingelte es. Ich habe zum Glück eine Sprechanlage und fragte erst mal, wer so spät vor dem Haus steht. Mamadou. Mich traf der Schlag.«

»Hast du ihn reingelassen?«

»Erst mal nicht. Ich fragte, was er wollte. Mich besuchen. Ja. Klar. Ich wollte wissen, wie lange er bleibt, und er faselte etwas von Liebe, Sehnsucht und Heirat. Er habe ein Touristenvisum bekommen. Ein Freund, der schon in Deutschland lebt, hatte ihn pro forma eingeladen. Neunzig Tage kann er bleiben, so sagt er. Wenn ich ihn heirate, kann er für immer hier leben.«

»Und das willst du nicht?«

»Ich wäre dann für ihn verantwortlich. Wenn er abhaut, muss ich Unterhalt zahlen.«

»Nicht, wenn er Arbeit hat.«

»Als Fischer?« Sie lachte hysterisch. »Vielleicht am Phoenix-See?«

»Eher nicht, da darf man noch nicht mal angeln, weil die Fische durch den belasteten Untergrund verseucht sind«, entgegnete ich. »Wie ging es weiter?«

»Ich hab ihn weggeschickt. Doch er klingelte bei anderen Leuten im Haus, bis jemand aufdrückte. Dann wartete er die ganze Nacht vor meiner Wohnungstür. Klopfend, weinend, redend. Am Morgen hab ich ihn schließlich reingelassen und ihn im Gästezimmer schlafen lassen.«

»Dann ist er also jetzt in deiner Wohnung?«

»Nein. Dass er da allein bleibt, wollte ich nicht. Er sitzt in meinem Auto. Und das steht unten auf dem Parkplatz.«

»Schick ihn zu seinem Freund, der ihn eingeladen hat!«

»Ich weiß nicht, ob es den überhaupt gibt.«

»Wie meinst du das?«

Sie seufzte. Als sie den Kaffeebecher hob, zitterten ihre Hände. »Es ist meine Schuld, Maria. In Kenia haben wir uns schöne Dinge gesagt. Von einer gemeinsamen Zukunft gesprochen. Das hat der arme Kerl ernst genommen. Und er ist hier, weil er sich Sorgen gemacht hat. Weil ich auf seine Briefe nicht geantwortet habe. Er dachte, mir sei etwas passiert.«

»Mensch, Mäggi!«, echauffierte ich mich. »Glaubst du das wirklich? Lies mal im Netz nach, was europäische Frauen alles mit afrikanischen Gigolos erleben. Der will hierbleiben, aber nicht, weil er dich liebt, sondern weil er ein Leben ohne Hunger und Arbeit führen will.«

»Was soll ich jetzt tun?«, fragte sie.

»Er hat ein Touristenvisum. Das läuft irgendwann ab. Dann wird er abgeschoben.«

»Und bis dahin?«

»Mäggi, lass ihn bei dir als Gast wohnen oder bring ihn in einer Pension unter – das wäre eine einigermaßen menschliche Lösung. Mach ihm klar, dass das nichts wird mit euch. Dass er keine Zukunft hat in Deutschland. Bezahl ihm dann den Flug nach Hause und versprich ihm, dass du ihn nächstes Jahr besuchst.«

Es klopfte an der Tür. Clarissa Schreiner steckte den Kopf ins Zimmer. »Entschuldige. Ich wusste nicht, dass du beschäftigt bist. Ich hab die Sache mit dem Teddybären recherchiert. Willst du wissen, was ich rausbekommen habe?«

»Später. Nach der Konferenz.«

Clarissa verschwand wieder.

»Wir müssen los«, sagte Mäggi. »Wie soll ich diese Konferenz überstehen? Ich kann keinen klaren Gedanken fassen.«

»Fahr nach Hause«, schlug ich vor. »Ich sage, dass es dir nicht gut geht und du daheimbleibst. Und ruf mich an, wenn dein Mamadou unangenehm wird.«

»Das wird nicht passieren«, lächelte sie. »Er ist ein sanfter und liebevoller Mann.«

Ups. Das klang nicht mehr nach rigorosem Durchgreifen.

Als ich den Flur zum Konferenzraum entlanglief, drängte sich ein Bild in meinen Kopf: Mäggi im Brautkleid. Bitte nicht, dachte ich, solche Nummern können nicht klappen. Oder vielleicht doch?

Drei Möglichkeiten für den Teddy

Nach der Redaktionskonferenz telefonierte ich mit der Pressestelle der Polizei. Man verwies mich an den Leiter der zum Fall Kasch eingerichteten Mordkommission. Ich berichtete von dem Lieferwagen auf dem Parkplatz des Restaurants, doch der Kripomann zeigte sich ziemlich desinteressiert.

»Wir haben etwa hundert Hinweise auf weiße Kleintransporter, die in Bierstadt und Umgebung umherfahren. Wir kümmern uns darum und arbeiten alles der Reihe nach ab. Haben Sie irgendeinen Hinweis, warum es gerade dieses Fahrzeug sein könnte? Haben Sie Kenntnis von Verbindungen zwischen dem Besitzer und dem Opfer?«

Ich blieb die Antwort schuldig und kam mir ziemlich naiv vor. Dennoch nannte ich ihm das Kennzeichen und bot an, die Fotos zu schicken.

Als ich aufgelegt hatte, klopfte Clarissa an die Tür. »Ich brauche einen Kaffee«, sagte ich zu ihr.

Wir verzogen uns in die Kantine.

»Dann erzähl mal.«

»Ich hab den Händler auf seinem Handy angerufen. Peter Mohn. Und ihn gelöchert. Er ist hier in Bierstadt ansässig, vertickt den Trödel aber auf Flohmärkten bundesweit. Zu Brummel wollte er erst nichts sagen. Da schlug ich ihm ein Treffen vor.«

»Sehr geschickt«, lobte ich. »Und dann hast du dich hübsch gemacht und er lag dir zu Füßen.«

Clarissa lachte. »So ungefähr. Männer sind ja so berechenbar. Ich hab mir für ihn eine Geschichte ausgedacht. Dass der Teddy meiner Mutter gehört habe und so. Da hat er tatsächlich in seinen Büchern geguckt, welche Haushaltsauflösungen er in letzter Zeit in Bierstadt hatte. Es waren insgesamt drei. Verstorbene Leute ohne Erben, oder, wenn Erben da waren, hatten sie den Krempel ihrer toten Angehörigen verscherbelt. Leider gibt es keine Listen der Gegenstände, die verwertet wurden, nur pauschale Andeutungen. Immerhin die Namen der Toten.«

»Aber die weißt du jetzt?«

»Ja, klar. Drei Namen, drei Adressen.«

»Nicht schlecht«, lobte ich. »Dann solltest du diesen drei

Hinweisen nachgehen. Versuche, so viel wie möglich über die Leute rauszukriegen, die im Besitz des Teddys gewesen sein könnten.«

»Ich soll weiter recherchieren?«, schmollte die Blondine.

»Genau. Bis wir wissen, aus welchem der drei Haushalte der alte Brummel stammt.«

»Was soll das eigentlich bringen?«

Es wurde Zeit, ihr den Hintergrund zu erklären. Je länger ich redete, desto größer wurden Clarissas Augen.

»Der Teddy gehörte dem verschollenen Kind? Das ist ja eine geile Story!«, rief sie begeistert aus. »Ist das denn auch meine Geschichte, wenn ich sie zu Ende recherchiere?«

»Mal sehen. Aber ich denke schon. Ich werde dir dabei helfen, denn der Mord an dem Pfarrer und die Teddynummer haben miteinander zu tun. Ich weiß nur noch nicht, wie.«

»Ich will mit der alten Frau sprechen«, forderte sie.

»Wenn du rausbekommen hast, wo Brummel die letzten siebenundvierzig Jahre sein Leben fristete.«

»Müssen wir nicht die Polizei einschalten?«

»Sobald du die Recherche erfolgreich abgeschlossen hast«, antwortete ich.

»Die könnten uns doch helfen rauszukriegen, woher der Teddy stammt.«

»Vielleicht. Aber dann haben wir die Geschichte nicht mehr exklusiv. Geht das in deinen Kopf rein?«

Sie runzelte die Stirn, kaute an ihren Lippen und ihr Blick war trotzig.

»Gut, machen wir es so, wie du gesagt hast, Grappa. Du hast die größere Erfahrung.«

»Kluges Mädchen«, lobte ich. »Und jetzt mach dich wieder an die Arbeit.«

»Ich fahre einfach zu den Adressen hin«, sagte Clarissa entschlossen. »Selbst wenn die Buden ausgeräumt worden sind, werden die Nachbarn bestimmt was wissen.«

»Ja, Nachbarn schütteln gilt in der journalistischen Ethik

zwar als verpönt, ist aber trotzdem ein taugliches Mittel. Nichts tun die Leute lieber, als über andere herzuziehen.«

»Und die Story gehört mir?«, versicherte sie sich.

»Alles deins«, versprach ich erneut.

Heinz oder Horst – egal!

»Die Bullen filzen den Campingplatz an der Ruhr!« Wayne stürzte auf uns zu, das Handy noch am Ohr.

»Was weißt du?«

»Nicht viel. Aber es muss was mit dem Mord an Hummel zu tun haben. Kommst du?«

»Clarissa, du kommst allein klar?«, fragte ich pro forma.

»Sicher, Grappa.«

»Welchen Deal hast du denn mit Blondi?«, fragte Wayne, als wir im Auto saßen.

»Sie hat eine schwierige Recherche in Arbeit«, antwortete ich. »Und sie stellt sich gar nicht mal so dumm an.«

»Früher hättest du solche Tussis zum Nachtisch verspeist, Grappa«, griente der Knipser.

»Ach was. Wenn ich mir überlege, dass sie erst am Anfang ihres Berufslebens steht, tut sie mir fast leid. Es gibt zu viele Clarissas in den Medienberufen. Und sie alle haben noch nicht entschieden, ob sie auf ihr Aussehen oder ihren Grips setzen sollen.«

»Also, ich bin für Ersteres.«

»Ganz uneigennützig – wie immer«, stellte ich fest.

»Genau. Vom Aussehen haben wir Männer mehr.«

Er gab Gas und fuhr schneller, als erlaubt.

»Komisch«, sagte ich. »Ich sehe neuerdings überall weiße Lieferwagen. Da ist schon wieder einer!«

»Du bist darauf konditioniert«, erklärte Pöppelbaum. »Als ich mit dem Gedanken spielte, mir einen Jeep zu kaufen, hab ich plötzlich überall Jeeps gesehen. So, wir sind gleich da.«

Das Hinweisschild zeigte nach rechts. Wir bogen ab und Wayne drosselte das Tempo. Vor der Schranke zum Campingplatz stand ein Mannschaftswagen der Polizei. Zwei Beamte bewachten den Eingang.

Ich präsentierte meinen Presseausweis, doch das beeindruckte den Beamten nicht wirklich. Immerhin telefonierte er und meinte dann: »Sie können durch, aber Sie werden von einem Kollegen der Pressestelle begleitet. Der kommt gleich.«

Gleich? Wir warteten. Pöppelbaum fotografierte die Polizeiwagen vor dem Werbeschild *Ruhr-Beach.*

»Dauert das noch lange?«, fragte ich schließlich. »Wir könnten dem Kollegen doch schon mal entgegengehen.«

»Ich habe meine Anweisungen«, meinte der Beamte.

»Und wir müssen unsere Arbeit machen«, blaffte ich. »Freiheit der Berichterstattung – schon mal was davon gehört?«

»Komm, Grappa.« Wayne zog mich weg und flüsterte: »Wir kommen auch so rein.«

Ich trottete hinter Wayne her. Ein Trampelpfad führte direkt am Fluss entlang. Schließlich gelangten wir an ein Tor, das nur mit einer Drahtschlaufe gesichert war. Er öffnete es: »Bitte schön, die Dame!«

»Woher kennst du denn diesen Eingang?«

»Als wir neulich hier waren, sind hier ein paar Camper durchgelaufen. Ist wohl eine Abkürzung für nächtliche Besucher.«

Ich schob die Zweige einer Kopfweide beiseite. Vor uns standen weitere Mannschaftswagen, ein Autotransporter und einige Camper, die von Polizisten befragt wurden oder warteten. Die mobile Pressestelle war in einem Bulli untergebracht. Kriminaltechniker in weißen Overalls sprangen durchs Gelände.

»Da ist Hummels Hütte.« Wayne zeigte auf das weiße Holzhaus.

»Lass uns mal zu der Pressestelle gehen«, schlug ich vor.

Wir traten vor die Weiden und näherten uns dem Wagen. Wayne fotografierte möglichst unauffällig und wechselte dann die Speicherkarte aus – wie er es immer bei kniffligen Einsätzen tat. Man konnte nie wissen, ob ein Bulle durchdrehte und die Kamera beschlagnahmte.

Ein Reporter des Regionalfernsehens war schneller gewesen als wir. Mit einer kleinen Filmkamera bewaffnet löcherte er den Pressesprecher.

»Ich guck mich mal um«, sagte Wayne. »Kannst du die Bullen ablenken und bei Laune halten?«

»Aber klar.«

Ich stellte mich zu den Kollegen vom Fernsehen. Der Kripsprecher gab gerade ein Statement vor laufender Kamera ab. Ich spitzte die Ohren.

»Vor zwei Stunden bekam unsere Leitstelle einen anonymen Hinweis auf einen weißen Lieferwagen, der sich auf dem Gelände dieses Campingplatzes befinden sollte. Dem Anrufer war bekannt, dass wir im Zusammenhang mit dem Mord an einem siebenunddreißigjährigen Mann aus Bierstadt nach einem solchen Fahrzeug suchten. Da der Geschädigte auf diesem Gelände lebte, hatte dieser Hinweis absolute Priorität. Wir haben das Fahrzeug sichergestellt und werden es jetzt kriminaltechnisch untersuchen.«

»Auf wen ist der Wagen zugelassen?«

»Das wird ermittelt. Die Ergebnisse unserer Untersuchung werden Ihnen morgen früh mitgeteilt.«

Der TV-Reporter bedankte sich, schulterte die Kamera und mischte sich unter die Camper. Aus dem Augenwinkel beobachtete ich, wie der weiße Wagen auf den Autotransporter geschoben und befestigt wurde. Ein Nummernschild fehlte. Pöppelbaum machte Fotos.

»Wie viele Hinweise auf ein solches Fahrzeug sind bei Ihnen eingegangen?«, fragte ich den Pressepolizisten.

»An die hundert.«

»Viel Arbeit für Sie und Ihre Kollegen.«

»Nicht, wenn wir heute einen Treffer landen.« Er schaute mich prüfend an. »Da sind Sie ja. Ich wollte Sie eben abholen, aber Sie waren nicht mehr da. Na egal. Ich hab da mal eine private Frage. Haben Sie etwas von unserem früheren Chef gehört? Hauptkommissar Kleist?«

»Vor ein paar Tagen stand ein Artikel in der Presse. Er ist Chef des neuen Analyse- und Auswertezentrums gegen Salafistenkriminalität. Mehr weiß ich auch nicht.«

»Er war ein guter Vorgesetzter«, sagte der Polizist mit Bedauern in der Stimme. »Haben Sie noch Fragen an mich?«

»Was sagen die Camper zu dem Besitzer des Lieferwagens?«

»Dazu darf ich keine Auskunft geben. Wir müssen erst alle Informationen auswerten. Aber Sie kennen unsere Arbeitsweise ja.«

»Stimmt«, lächelte ich. »Und Sie wissen, dass Fragen zu meinem Job gehören.«

Ich verabschiedete mich. Leicht wehmütig schaute ich mich um. Früher hatte ich bei solchen Gelegenheiten Kleist getroffen.

Wayne hatte den Fotoapparat sinken lassen und schaute zu mir herüber.

Ich schlenderte zu ihm. »Lass uns mal unseren Freund von neulich besuchen.«

»Welchen Freund?«, fragte Wayne.

»Den geschwätzigen Kerl in dem geschmackvollen lila Jogginganzug.«

»Die Bulldogge? Was willst du denn von der?«

»Unsere Bekanntschaft auffrischen. Komm! Da hinten ist sein Wohnwagen.«

Dort angekommen, musste ich eine Enttäuschung hinnehmen. Das Vorzelt war abgebaut, die Tür verschlossen und die Gartenmöbel waren weggeräumt.

In der Nähe standen zwei Frauen und schwätzten miteinander.

»Guten Tag, die Damen«, grüßte ich. »Wir sind von der

Presse. Können Sie mir sagen, wo der Herr geblieben ist, dem dieser Wohnwagen hier gehört?«

»Der ist weg. Aber gehören tut dem der Wohnwagen nicht, der war nur gemietet.«

»Wissen Sie, wo er hin ist?«

»Keine Ahnung. Hier ist schon seit Samstag alles aufgeräumt und abgeschlossen. Gehen Sie doch mal zur Platzverwaltung, die wissen bestimmt mehr.«

»Wie heißt der Mann denn?«

»Heinz.«

»Nee«, widersprach die andere Frau. »Horst.«

»Heinz!«

»Horst!«

Ich seufzte. »Ich werde es schon herausfinden«, beendete ich den Streit.

Neben der Schranke am Eingang des Campingplatzes befand sich die Verwaltung, die sich *Rezeption* nannte, wie das grobe Holzschild verriet. Durch das Fenster waren vier Männer zu erkennen. Drei von ihnen waren eindeutig Polizisten, der vierte musste der Verwalter sein.

»Wir sollten draußen bleiben«, sagte ich zu Wayne. »Aber aufgeschoben ist nicht aufgehoben.«

Zwei Stunden später titelte ich:

Polizeiaktion auf dem Campingplatz –
Weißer Lieferwagen sichergestellt

Es könnte der Durchbruch im Mordfall Bernd H. sein: Aufgrund eines anonymen Anrufes fand die Mordkommission der Polizei einen weißen Lieferwagen der Marke Citroën – ohne Nummernschild – auf dem Campingplatz *Ruhr-Beach* (Foto). Hier lebte das 37-jährige Mordopfer in einem Holzhaus (Foto). Bernd H. war betäubt auf die Schienen gelegt und von einem Zug getötet worden – wir berichteten. Zeugen wollen gesehen haben, dass sich zum Todeszeitpunkt ein weißer Lieferwagen in der Gegend aufhielt.

Wem der weiße Wagen gehört, will die Polizei aus ermittlungstaktischen Gründen nicht mitteilen. Das Auto (Foto) wird jetzt kriminaltechnisch nach Spuren untersucht.

Mehr ging nicht.

Ich kramte das Foto heraus, das uns die lila Bulldogge verkauft hatte. Warum war der Kerl so plötzlich weg?

Das Foto zeigte zwar Bernd Hummel, nicht aber den verschwundenen Camper Horst oder Heinz, denn der hatte das Foto ja geknipst.

Am Abend berichtete ich Iffi Falkenberg am Telefon von Fortschritten bei der Suche nach den Trödler-Kunden.

»Ich träume jede Nacht davon, dass ich Nelly wiederfinde«, erzählte sie. »Und in meinen Träumen ist sie immer noch sechs Jahre alt. Sie hat Brummel im Arm. Vielleicht lebt sie ja doch noch. Glauben Sie, dass sie mich wiedererkennt?«

»Bestimmt«, log ich.

»Das denke ich auch. Kein Kind vergisst das Gesicht seiner Mutter. Auch wenn noch so viel Zeit vergangen ist.«

Fast fünfzig Jahre, dachte ich.

Frau Falkenberg erzählte mir noch ein paar Erlebnisse aus der Vergangenheit, die sie mit ihrer Tochter verbanden. Irgendwann konnte ich es nicht mehr ertragen. Ich versprach, mich sofort zu melden, wenn es etwas Neues gäbe.

Leicht depressiv verzog ich mich ins Bett. Es war nicht gut, dass sich Iffi Falkenberg Hoffnungen machte, die sich vermutlich nie erfüllen würden. Aber ich konnte es nicht ändern.

Verdammt, dachte ich, diese Recherche endet vermutlich bei einem Grab. Aber vielleicht würde Iffi Falkenberg dann endlich Abschied nehmen und Ruhe finden können.

Weniger Liebe, weniger Leiden

Frühstück bei Frau Schmitz.

»Heute mal ganz schnell und mager«, bat ich sie.

»Kein Rührei mit Bacon?«

»Nur Rührei.«

»Was ist los, Frau Grappa?«, fragte sie. »Bist du krank?«

»Mir ist was auf den Magen geschlagen.«

»Geh schon mal rüber«, schlug sie vor.

Eine Gruppe von Japanern hatte das Bistro mit Beschlag belegt. Bierstadt war neuerdings bei asiatischen Touristen beliebt und Frau Schmitz' Frühstücksbar Bestandteil des städtischen Besuchsprogramms, was der Bäckerin gutes Geld in die Kasse spülte.

Trotzdem fand ich einen freien Platz. Frau Schmitz' Angestellte Donka beschäftigte sich mit den Wünschen der Japaner, die Bäckerin setzte sich zu mir.

»Dann erzähl mal, Frau Grappa«, forderte sie.

Ich fasste Iffi Falkenbergs Schicksal kurz zusammen. »Und sie hofft immer noch, dass ihre Tochter lebt.«

»Die arme Frau. Bring sie doch mal mit. Sie ist ja ungefähr in meinem Alter.«

»Bist du dir sicher? Sie ist psychisch etwas labil, fürchte ich.«

»Kein Wunder, oder? Wenn ich mein Kind verloren hätte, wär ich auch so. Ich denke ja oft, dass ich leider keine Kinder habe, aber wenn ich dann so was höre, ist es ganz gut so. Je weniger du liebst, umso weniger leidest du. Aber das Lieben kann man auch nicht ganz sein lassen. Richtig, Frau Grappa?«

»Ja, ganz ohne Liebe ist auch doof.«

Polizei und Staatsanwaltschaft hatten eine Pressemitteilung herausgegeben. Sie lag ausgedruckt auf der Tastatur meines Rechners.

Öffentlichkeitsfahndung im Zusammenhang mit dem Mordfall Bernd H.
Gestern beschlagnahmte die Mordkommission einen weißen Transporter der Marke Citroën (F) Jumper 30, Baujahr 2007 im Zusammenhang mit dem o. a. Mordfall. Nach den Ergebnissen der kriminaltechnischen Untersuchung ist mit großer Wahrscheinlichkeit davon auszugehen, dass in diesem Fahrzeug der betäubte Bernd H. transportiert wurde. Der Wagen ist laut Fahrgestellnummer auf den deutschen Staatsbürger Horst K. zugelassen, der von den Ermittlungsbehörden nicht an seiner Meldeadresse angetroffen wurde. Zuletzt wurde K. auf dem Campingplatz Ruhr-Beach *gesehen. Zurzeit wird er als Zeuge gesucht. Wir erbitten dringend Hinweise aus der Bevölkerung über seinen derzeitigen Aufenthaltsort. Ein Foto des Gesuchten finden Sie im Anhang dieser Mail oder auf der Homepage der Polizei Bierstadt. Wir bitten die Medien, diese Fahndung durch Berichterstattung zu unterstützen.*

Ich machte den Rechner flott und öffnete das Foto.

Die Polizei war bei den Campern fündig geworden. Das Bild zeigte Horst Kunze beim Besäufnis neben Bernd Hummel und anderen. Die Beschreibung der Polizei lautete: *Mordopfer Bernd H. und Zeuge Horst K. bei einem gemütlichen Zusammensein im Juli dieses Jahres.* Damit konnte ich mir einen weiteren Besuch des Campingplatzes erst mal sparen.

Wayne kam zu mir. »Bist du im Bilde?«

»Ja. Ich hätte nie gedacht, dass die Bulldogge was mit dem Mord zu tun hat.«

»Glaubst du das wirklich?« Er guckte zweifelnd.

»Ja. Ihm gehört das Auto.«

»Mag sein. Aber ich hab kein gutes Gefühl, Grappa.«

»Was heißt das denn?«, fragte ich.

»Die Spuren beweisen noch gar nichts. Nur, dass Hummel im Wagen war. Vielleicht ist er ja mal mitgefahren.«

»Dann kann Kunze alles aufklären. Merkwürdig, dass er einfach so verschwunden ist«, sinnierte ich. »Aber Camper sind nun mal reisefreudig. Vielleicht ist er einfach in den Süden abgedüst.«

Am Nachmittag wurde über Polizeifunk der Fund einer männlichen Leiche in der Ruhr gemeldet. Wayne und ich schauten uns an und dachten dasselbe.

Auf dem Weg zum Ort des Geschehens überholten wir einen Leichenwagen.

»Ob der auch zum Ufer will?«, fragte ich.

»Das kriegen wir raus«, meinte Wayne. »Die Leiche wurde an der Nachtigallbrücke angeschwemmt.«

Die Fußgängerbrücke war in der Gegend bekannt. Ihren Namen hatte sie von der stillgelegten Zeche Nachtigall, deren Reste noch zu erkennen waren. Tatsächlich folgte uns die schwarze Limousine zum Ruhrdeich.

Der Leichenwagen parkte direkt am Ufer. Zwei Männer stiegen aus und luden einen Sarg aus. Wir folgten ihnen. Ambulanz, Feuerwehr, Polizei. Einige Schaulustige auf der Brücke.

Taucher schwammen im Fluss. Einer gab ein Zeichen, die Feuerwehr zog daraufhin mit einer Seilwinde einen Körper aus dem Wasser.

»Er ist es«, stellte Pöppelbaum fest.

Er hatte recht. Der Mann war zwar nicht von vorn zu sehen, aber der lila Jogginganzug mit den Stickereien sprach für sich. Das Wasser floss wie Silberfäden an der Leiche herunter und tropfte auf den Boden.

Der Körper wurde losgebunden und auf eine Plane gelegt, ein Arzt kam hinzu. Die Feuerwehrleute spannten einen Sichtschutz auf, um die Sensationsgier der Schaulustigen inklusive die der Polizeireporter zu stoppen. Da niemand einen Zusammenhang zwischen der Leiche und dem Mord an Bernd Hummel ahnte, waren wir auch zwanzig Minuten später noch die einzigen Medienvertreter.

Eine Frau mit Hund wurde von der Polizei befragt. Sie deutete zu einer Stelle am Ufer. Der Hund zog ungeduldig an der Leine.

Der Sarg wurde weggebracht und die Schaulustigen verkrümelten sich.

»Der dritte Tote innerhalb von knapp drei Wochen. Langsam wird es ungemütlich in Bierstadt!«, stellte ich fest.

Zurück in der Redaktion verfasste ich einen Artikel, der auf den mageren Angaben im Pressebericht fußte, den die Kripo inzwischen herausgegeben hatte.

Beim Spaziergang mit ihrem Hund entdeckte eine Frau am Dienstagnachmittag eine Leiche in der Ruhr in der Nähe der Nachtigallbrücke. Kurz vor sechzehn Uhr alarmierte sie die Feuerwehr. Der Notarzt konnte nur noch den Tod des Mannes feststellen. Nach Angaben der Polizei handelt es sich um Horst K., der nach Recherchen des *Tageblattes* seit dem Wochenende vermisst wurde. Er lebte zuletzt auf dem Campingplatz *Ruhr-Beach* in den Ruhrwiesen. Hat er etwas mit dem Mord an Bernd H. zu tun? Fest steht, dass sich die beiden Toten gekannt haben. Horst K. war der Besitzer des weißen Lieferwagens, der gestern sichergestellt wurde. Die Ermittlungen dauern an.

Waynes Fotos machten die Geschichte rund. Schnack entschied, den Artikel erst nach Mitternacht online zu stellen, damit wir die Verbindung zwischen Hummel und Kunze erst mal exklusiv hatten.

»Nehmen wir noch einen Absacker?«, fragte Wayne. »Und Hunger hab ich auch.«

»Prima Idee«, nickte ich. »Zu Hause wartet ja niemand auf mich.«

»Heul doch, Grappa.«

Blind Date beim Italiener

Für ein gutes Essen war das *Mama mia* immer eine gute Adresse. Es war seit Jahren im Besitz einer sizilianischen Großfamilie. Sie hatte mit einem Pizzaservice angefangen, sich dann in einer alten Weberei niedergelassen und in den großen Hallen ein Restaurant eingerichtet. Nicht so nobel wie das *Le canard plumé*, sondern eher bodenständig und unprätentiös. Sogar eine Terrasse gab es – direkt neben der inzwischen stillgelegten Versorgungsleitung eines alten Stahlwerks. Industrieromantik mit italienischem Essen. Leider war es heute zu kühl, um draußen zu sitzen.

Wir kämpften uns durch die Qualmwolke, die die Raucher vor dem Eingang produzierten. Ich hustete und wurde prompt mit empörten Pfiffen und Kommentaren bedacht.

Das Innere beherrschte der Geruch von Pizzabrot und Knoblauch. Ein kleiner Tisch wurde gerade frei. Wir orderten Wasser und Weißwein und vertieften uns in die Speisekarte.

»Hallo, guten Abend«, sagte eine muntere Frauenstimme. Ich schaute zum Nebentisch. Rote Bäckchen, tiefer Ausschnitt, wallendes Haar.

»Frau Neuhaus?«, fragte Wayne.

»Exakt. Wie geht es Ihnen? Was machen Ihre Nachforschungen?«, fragte sie.

Langsam dämmerte es mir. Anja Neuhaus, die Nachbarin des Pfarrers. Sowohl Kasch als auch Falkenberg hatten sich bei der Frau ausgeweint.

»Wollen Sie sich nicht zu uns setzen?«, fragte Wayne.

»Ich hab ein Date«, verriet sie. »Aber er scheint später zu kommen. So lange setze ich mich gern zu Ihnen.«

Sie brachte ihr Glas Wein mit und zog den Stuhl an unseren Tisch.

»Was tut sich in Ihrer Nachbarschaft?«, fragte ich. »Gibt es etwas Neues?«

»Alles ruhig. Das Haus nebenan steht leer. Das Vermieten ist wohl schwierig, weil darin dieser schreckliche Mord passiert ist. Der ist ja immer noch nicht geklärt.« Sie trank einen Schluck Wein. »Wissen Sie was? Gibt es einen Verdächtigen? Oder eine heiße Spur?«

»Leider nicht. Die Polizei tappt im Dunkeln.«

Der Kellner nahm unsere Bestellung auf. Wayne wählte Ravioli mit Mascarpone-Füllung, ich Spaghetti mit Knoblauch-Chili-Sauce.

Anja Neuhaus erklärte dem Kellner, dass sie mit der Bestellung noch warten wolle.

»Ihr Date lässt sich aber Zeit«, bemerkte ich.

»Stimmt. Ich warte jetzt schon zehn Minuten.« Sie schaute zur Tür. »Och, nee!«

Dort stand ein Mann mit einer Lilie in der Hand. Er ging zum Tresen, setzte sich und sah sich um.

»Ist er das?«, fragte ich.

»Ich glaube schon. Bitte nicht hingucken.«

»Sie kennen den Mann gar nicht?«

»Nein. Wir treffen uns das erste Mal. Ich hab ihn im Internet kennengelernt. Auf den Fotos sah er allerdings ganz anders aus. Mist! Ich greife aber auch immer ins Klo.«

Ich musterte den Typen. Mitte fünfzig, füllig, unauffällig. Sein Haar war vom Scheitel quer über den Kopf gekämmt und mit Gel fixiert.

»Er hat bestimmt innere Werte«, tröstete ich.

»Das Foto, das ich von ihm kenne, ist mindestens fünfzehn Jahre alt. Nee, ich lass mich doch nicht verarschen.«

»Gut. Dann bleiben Sie hier sitzen, bestellen Sie was und essen Sie mit uns«, schlug Pöppelbaum vor.

»Hoffentlich sieht er mich nicht«, jammerte sie. »Die Blume war ein Erkennungszeichen. Meine liegt noch auf dem Tisch. Könnten Sie sie holen und wegschmeißen?«

Wayne stand auf, verdeckte die Blüte mit seinem Körper, griff nach ihr und verschwand Richtung Klo.

Anja Neuhaus bestellte eine Pizza mit Salami und Paprika. Wayne erschien wieder. »Auftrag erledigt!«

»Danke«, schmachtete sie ihn an. »Ist der Typ noch da?«

»Ja. Er beschäftigt sich mit einem großen Bier«, antwortete Wayne. »Aber ein bisschen frustriert sieht er schon aus.«

»Ich würde Ihnen gern noch ein paar Fragen stellen«, sagte ich. »Wäre das okay?«

»Klar, fragen Sie.«

»Sie sagten bei unserem Besuch, dass Kasch sich mal bei Ihnen ausgeheult hat. Ging es da nur um die Stalkerin?«

»Ja. Er konnte sich keinen Reim darauf machen, warum Frau Falkenberg sich so verändert hatte. Anfangs ist er ja mit ihr gut ausgekommen – so hat er es jedenfalls erzählt.«

Wayne hing an ihren Lippen und hatte einen träumerischen Blick. Das nächste Date wird wohl nicht mehr blind sein müssen, dachte ich. »Hatte Kasch oft Besuch?«

»Nein. Manchmal stand ein weißer Lieferwagen vorm Haus und das Moped von dem Boten, der die Kirchenzeitung brachte.«

Wayne und ich sahen uns an.

»Wem gehörte der? Haben Sie jemanden gesehen, der aus oder in den Lieferwagen gestiegen ist?«

Sie überlegte. »Nee. Ich hab immer nur das Auto gesehen.«

»Können Sie sich an die Marke erinnern? Oder das Kennzeichen?«

»Mit Automarken kenne ich mich nun gar nicht aus und ein Kennzeichen hab ich auch nicht in Erinnerung.«

Das war schade.

»Was ist denn mit dem Wagen?«

»Er könnte eine Rolle beim Mord an dem Pfarrer spielen.«

Sie wirkte plötzlich sehr interessiert. »Vielleicht fragen Sie mal die Haushälterin. Die müsste den Fahrer doch kennen, wenn er den Pastor besucht hat.«

»Das machen wir. Gibt es sonst noch was, das Ihnen merkwürdig vorkam?«, fragte ich.

»Nun lass mal gut sein, Grappa«, stoppte mich Wayne. »Denk mal an was anderes. Das Leben kann so schön sein.« Er warf einen sanften Blick auf Anja Neuhaus.

»Er ist weg!«, freute sich Anja Neuhaus, zum Tresen blickend.

»Und wie lösen Sie das Problem mit dem Blind Date künftig?«, fragte Wayne. »Der Kerl lässt doch bestimmt nicht locker … bei einer Frau wie Ihnen.«

»Er kennt ja meine Identität nicht, sondern nur meinen Nicknamen. Ich lösche mein Profil in dem Singlechat«, kicherte sie. »*Flotte Biene* fliegt nicht mehr und *JackPott* muss sich dann von einer anderen knacken lassen.«

Wayne mag flotte Bienen

In der Nacht träumte ich von einer Flotte von weißen Lieferwagen, die wie wild gewordene weiße Mäuse auf den Straßen umherdüsten.

Am Morgen hatte ich Mühe, meine Gedanken zu sortieren. Ich duschte, trank Kaffee und aß eine halbe Tafel Schokolade, um den Knoblauchduft zu überdecken.

Ich hatte Wayne und die hübsche Anja Neuhaus allein gelassen, nachdem ich meine Spaghetti verputzt hatte, und Wayne noch ein aufmunterndes: »Mach was draus!« zugeflüstert.

Mein Auto stand vor dem Verlagshaus, ich hatte es gestern dort stehen gelassen, damit ich beim Italiener ein Glas Wein trinken konnte. Also bestellte ich mir jetzt ein Taxi.

Ein beigefarbener VW-Bulli fuhr vor, der in der Morgensonne fast weiß wirkte.

»Ging's nicht ein bisschen kleiner?«, fragte ich den Fahrer.

»Ich hatte grad eine Gruppe mit sechs Leuten im Auto«, erklärte er ziemlich schroff. »Steigen Sie nun ein oder nicht?«

»Ist ja gut.« Ich kletterte in den Wagen und nannte mein Ziel.

Der Fahrer brummte etwas und drückte den Fensteröffnungsknopf.

»Es zieht«, sagte ich.

»Sie riechen nach Knofel«, entgegnete er.

»Das ist im Preis mit drin«, blaffte ich. »Also – Fenster rauf!«

Er parierte. Den Rest der Fahrt hatte ich Ruhe.

Es gab Neuigkeiten zu Kunzes Todesursache. Er war ertrunken, hatte aber zudem eine Kopfverletzung. Von einem Schlag oder einem Sturz? Betäubungsmittel wurden nicht gefunden, aber K.-o.-Tropfen waren ohnehin nach kurzer Zeit nicht mehr nachzuweisen.

»Nun, wie ist der Abend mit der flotten Biene zu Ende gegangen?«, fragte ich Wayne, als wir uns in der Kaffeeküche trafen.

»Der Ablauf gibt zu den schönsten Hoffnungen Anlass«, lächelte er. »Wir haben uns miteinander sehr wohlgefühlt.«

»Ist Frau Neuhaus noch was zu dem Lieferwagen und seinem Fahrer eingefallen?«

»Grappa! Du warst doch auch mal jung. Wir hatten andere Themen.«

»Verstehe. Sex, Fortpflanzung, Familie gründen, Schrankwand und Klubgarnitur aussuchen … und natürlich den Flachbildfernseher.«

Er wedelte mit der Hand durch die Luft. »Puh, willst du die Konferenz nicht ausfallen lassen? Die kippen alle ins Koma bei dem Duft, den du ausströmst.«

»Ich werde das Atmen einstellen«, versprach ich.

Wir schlenderten in den Konferenzraum. Margarete Wurbel-Simonis war heute auch anwesend. Sie warf mir einen schnellen Blick zu, den ich aber nicht interpretieren konnte. Ob sie Mamadou losgeworden war?

Schnack hatte miese Laune. Sein Auto war angefahren worden und der Unfallfahrer hatte sich davongemacht. Er liebte seinen Zweisitzer, deshalb war verständlich, dass er sauer war. Gelangweilt lauschten wir seinen Ausführungen, in denen er die Verderbnis der Gesellschaft anprangerte.

»Das war bestimmt ein weißer Lieferwagen«, störte ich seinen Monolog.

Pöppelbaum kicherte.

»Wieso?«, fragte Schnack verdattert.

»Weil Grappa seit Neuestem nur noch weiße Lieferwagen sieht«, giggelte Wayne.

»Ich kenne das nur mit weißen Mäusen«, meinte Bärchen Biber. »Aber Grappa war ja immer schon schräg drauf.«

»Ich verstehe kein Wort«, nölte Schnack. »Aber lassen Sie uns zum Tagesgeschäft übergehen.«

Na endlich.

»Gibt es Ideen für die morgige Ausgabe?«

Bärchen Biber meldete sich. »Der ADAC Bierstadt hat einen Vorschlag gemacht, den ich sehr interessant finde. Der Club will, dass die 0,5-Promillegrenze abgeschafft wird, weil sich die Unfallhäufigkeit seit Einführung stark erhöht hat. Besonders an Wochenenden und spätabends.«

»Warum das?«, fragte Schnack nach.

»Weil sich die Männer immer häufiger am Abend und an Wochenenden von ihren Frauen fahren lassen«, grinste Bärchen.

Gelächter.

»Wäre es dann nicht besser, gleich ein Fahrverbot für Frauen zu fordern?«, setzte Biber nach.

»Pass mal auf, du kleine Schwuchtel«, zischte Clarissa Schreiner. »Wer hat denn neulich mit seiner Testosteronschleuder die Stoßstange meines Polos geschrottet?«

»Hört, hört«, rief Wayne.

»Ist das hier ein Irrenhaus, oder was?«, brüllte Schnack. »Was willst du denn nun daraus machen, Carsten?«

»Wir holen zu dem ADAC-Vorschlag Stellungnahmen ein. Von Prominenten und Bürgern. Und ich verfasse einen Kommentar dazu.«

»Und ich schreibe den Gegenkommentar«, kündigte ich an. »Pro und Contra. So kommt Stimmung in die Bude.«

»Das will ich unseren Lesern ersparen. Umfrage ja, aber keine Kommentare. Ich möchte nicht, dass unsere Zeitung zum Ziel feministischer Attacken wird. Oder einen Shitstorm im Internet erleben muss. Weitere Vorschläge, bitte!«

Simon Harras meldete sich. »Die Stadt will ab kommender Woche die Brügmann-Sporthallen als Flüchtlingsunterkunft nutzen. Die Sportvereine, die dort seit Jahren trainieren, laufen Sturm dagegen. Sie haben eine Bürgerinitiative gegründet, die ziemlich viel Zustimmung auch aus der Nachbarschaft bekommt.«

»Ja, das ist ein gutes Thema«, urteilte Schnack. »Menschlichkeit gegen Tradition. Sonst noch Anregungen? Frau Grappa? Frau Wurbel-Simonis?«

Mäggi hatte ein Interview mit dem Stadtkämmerer zu geplanten Sparmaßnahmen im Kulturbereich in Arbeit und ich kündigte einen Artikel zum vorläufigen Obduktionsergebnis im Mordfall Kunze an.

»Gott schütze dieses Haus«

Ich schaute in meinen Aufzeichnungen nach dem Namen der Haushälterin, den ich längst vergessen hatte. *Eva Przygode* – ja, so hieß sie. Doch sie meldete sich nicht, als ich sie anrief.

»Dann bleibt nur noch Iffi Falkenberg«, sagte ich. »Sie hat den Pastor fast rund um die Uhr beobachtet und vielleicht auch den Lieferwagen gesehen. Und den Fahrer.«

»Du willst dich wieder mit dieser Irren abgeben?«, fragte Pöppelbaum.

»Sie ist nicht irre«, widersprach ich. »Sie hat etwas erlebt, was ich niemandem wünsche.«

»Ja, ja, Ihre verschwundene Tochter. Das ist aber doch fünfzig Jahre her.«

»Wird es deshalb weniger schrecklich?«

»Schon gut, ich komm ja mit.«

»Ich organisiere das«, kündigte ich an. »Wir sollten sie nicht ohne Ankündigung überfallen. Und, bevor wir fahren, muss ich noch mit Clarissa sprechen.«

Die Blondine war fleißig gewesen. Sie war zu den drei Adressen gefahren, die sich in den Büchern des Trödlers gefunden hatten, und hatte dort Fotos gemacht.

Sie legte Blätter auf meinen Schreibtisch. »Hier, Fotos von den ausgeräumten Häusern. Eins davon wurde inzwischen abgerissen. Von dem siehst du nur noch Reste. Schau mal.«

Ich betrachtete die Bilder. Eine Siedlung mit kleinen alten Häuschen. Eines wurde gerade plattgemacht. Neben den Mauerresten standen zwei große Container, ein zerbrochener metallener Rosenbogen lag neben der Haustür. Das Kellergeschoss, dessen obere Hälfte aus dem Erdreich ragte, war noch nicht ausgegraben worden.

»Das hier habe ich auch noch.« Sie gab mir ein Detailfoto: Eine Steintafel mit der Jahreszahl 1905 und dem eingemeißelten Spruch *Gott schütze dieses Haus*.

»Ich hab bei einem Nachbarn geklingelt und nach den Blomes gefragt. Das war der Name, unter dem der Mohn den Auftrag geführt hat. Unauffällige alte Leute. Der Mann ist im letzten Jahr gestorben, er war pensionierter Lehrer und seine Frau blieb allein zurück. Kinder gibt es wohl nicht, aber einen Neffen, der dafür gesorgt haben soll, dass Frau Blome ins Heim gekommen ist. Um sich das Geld für das Grundstück unter den Nagel zu reißen. Na ja, du weißt ja, was die Leute alles so reden.«

»Und die beiden anderen Adressen?«

»Die waren nicht so spektakulär. Haushalt Nummer zwei gehört zu einem jungen Pärchen aus dem Kosovo, das in die Heimat zurückwill. Die haben zwei kleine Kinder, die aber bestimmt nicht mit so einem ollen Teddy wie Brummel spielen würden. Der dritte Haushalt stammte von einem Mietnomaden, der die Wohnung vermüllt und verwüstet hat und abgehauen ist. Mohn hat die Möbel, die noch brauchbar waren, abgeholt und das war's dann.«

Sie legte mir die Bilder der anderen beiden Häuser hin. »Nur der Vollständigkeit halber«, erklärte sie.

»Gut gemacht, Clarissa. Die erste Adresse scheint mir die interessanteste zu sein.«

»So sehe ich das auch. Mein Gefühl sagt mir, dass Brummel die letzten Jahrzehnte im Haus Blome gewohnt hat.«

Ich packte die Fotos zusammen. »Wayne und ich werden gleich Frau Falkenberg besuchen. Und du kommst mit.«

Entspannt Kuchen wirklich?

Natürlich waren wir willkommen. »Ich hab schon auf Ihre Nachricht gewartet«, gestand Iffi Falkenberg am Telefon. »Haben Sie herausgekriegt, was mit dem Teddy ist?«

»Wir haben eine Spur«, gab ich Auskunft. »Können wir in einer halben Stunde bei Ihnen sein?«

Wayne war irritiert, als er Clarissa sah. Ich gab ihm eine Kurzfassung von ihrer Recherche und er konnte nicht umhin, ihr eine gewisse Hochachtung zu zollen, die sich in dem Satz: »Ein blindes Huhn findet auch mal ein Korn«, ausdrückte.

Sie zischte ein Wort, das sich wie *Arschloch* anhörte, und verkrümelte sich auf den Rücksitz von Waynes Auto.

»Könnt ihr euch nicht lieb haben?«, fragte ich.

»Grappa, lass gut sein«, unkte er. »Als Friedensengel bist du eine völlige Fehlbesetzung.«

Er startete den Motor und wir fuhren gen Norden. Ich erklärte den Kollegen die filigrane Taktik, die ich im Gespräch mit der Falkenberg anzuwenden beabsichtigte.

»Lass mal, Grappa«, winkte Pöppelbaum erneut ab. »Du hältst dich sowieso nicht dran, sondern redest einfach drauflos – wie immer.«

»Halt mal bei der Bäckerei da vorne an«, bat ich ihn. »Wir nehmen ein Tablett Kuchen mit, dann wird es gemütlicher.«

Er stoppte und ich stieg aus. Einen Streifen Bienenstich, gedeckter Apfelkuchen und Plunderteilchen.

Zehn Minuten später erreichten wir unser Ziel. Iffi Falkenberg öffnete sofort.

»Dann koch ich mal Kaffee«, kündigte sie an, als ich ihr das Kuchenpaket überreichte. »Gehen Sie doch schon vor ins Wohnzimmer.«

Verblüfft schaute ich mich um. Bei unserem ersten Besuch hatte das Zimmer anders ausgesehen. Falkenberg hatte umdekoriert. Die modernen Gemälde waren entfernt worden, stattdessen klebten Unmengen von Fotos auf der Raufaser. Sie zeigten Nelly. Und immer wieder Nelly. Vor der Wand stand ein Tisch mit Kerzen, Blumen und dem Teddybären.

Pöppelbaum hatte die Veränderung auch bemerkt und betätigte den Auslöser der Kamera.

Frau Falkenberg kehrte mit einer Kaffeekanne und Geschirr zurück. Clarissa half ihr beim Verteilen. Die Atmosphäre war merkwürdig angespannt.

»Haben Sie von den beiden neuen Morden gehört?«, fragte ich. »Kürzlich der Tote auf den Schienen und der Mann, den man in der Ruhr fand?«

»Ich lese Ihre Zeitung«, antwortete sie. »Haben die beiden etwas mit dem Mord an Guido Kasch zu tun?«

»Zumindest der Schienentote ist auf ähnliche Weise getötet worden. Er war erst siebenunddreißig Jahre alt. Bei dem Mord spielt ein weißer Lieferwagen eine Rolle. Wir wissen, dass vor Kaschs Haus mehrfach ein solcher Wagen geparkt hat.«

»Ja, den habe ich auch öfter gesehen. Wollen Sie noch Kaffee, Frau Grappa?«

»Ja, gerne.«

Sie schenkte mir nach. Ihre Hände zitterten leicht. Alter oder Anspannung?, dachte ich.

»Wissen Sie, wer den Wagen gefahren hat?«

»Nein. Irgendein Mann. Aber ich dachte, Sie wären gekommen, um mir etwas über Nellys Bären zu erzählen.«

»Ja, das kommt später. Also, kennen Sie den Fahrer des Wagens?«

»Ich sagte doch schon: Nein.«

Ich holte das Foto vom fröhlichen Camperbesäufnis aus der Tasche und deutete auf Horst Kunze. »War es der?«

»Nein. Der nicht. Aber der!« Sie tippte auf Bernd Hummel.

Wayne stieß einen Pfiff aus und sah mich irritiert an. »Der Wagen gehörte doch Kunze!«, rief er aus.

»Stimmt«, sagte ich, und an Iffi Falkenberg gewandt: »Sind Sie sicher, dass es dieser Mann war?«

»Ja. Können wir jetzt über den Teddy sprechen?«

Ich brauchte ein paar Augenblicke, um diese Nachricht zu verdauen. Bernd Hummel hatte Pfarrer Kasch mit dem weißen Lieferwagen von Horst Kunze besucht. Und alle drei waren tot. Viele Gedanken tobten durch mein Hirn, ich konnte sie nicht bändigen oder gar ordnen.

»Kommen wir also zum Teddy«, gab ich mich daher geschlagen. »Meine Kollegin Clarissa hat seine Herkunft recherchiert und erstaunliche Entdeckungen gemacht. Vielleicht erklärst du das lieber selbst.«

Die Blondine kramte ihre Fotos und die Aufzeichnungen heraus und erzählte. Ich beobachtete Iffi Falkenberg. Als der Name *Blome* fiel, zuckte sie zusammen und stieß einen Schrei aus.

»Blome!«, rief sie. »Nellys Lehrer hieß Blome. Otto Blome.«

Dann sank sie in ihrem Stuhl zusammen. Ich hielt sie fest, damit sie nicht auf den Boden rutschte.

»Was tun wir jetzt?«, fragte Clarissa panisch.

»Ruf den Rettungsdienst«, sagte ich.

Zu viel für eine alte Frau

Ziemlich angeschlagen kehrten wir in die Redaktion zurück und verzogen uns erst einmal in die Kantine. Die Essensausgabe hatte schon geschlossen, nur die Kaffeemaschine war noch in Betrieb.

»Wir hätten ihr das schonender beibringen sollen«, meinte ich.

»Und wie?«, fragte Clarissa. »Ich habe nur berichtet, was ich rausbekommen habe. Und sie wollte es unbedingt wissen!«

»Du hast keine Schuld«, versicherte ich. »Du hast eine verdammt gute Story in der Pipeline. Jetzt müssen wir nur noch die letzten Meter schaffen.«

»Wie meinst du das?«

»Dass der Teddy bei Blome war, kann auch ganz andere Gründe haben. Nelly kann ihn in der Schule liegen gelassen haben und Blome hat Brummel mitgenommen, um ihn ihr wiederzugeben. Es kann für alles eine harmlose Erklärung geben.«

»Und wie willst du das rausbekommen?«, fragte Wayne.

»In den Polizeiakten von damals wird doch dokumentiert sein, was Nellys Lehrer damals gesagt hat. Und wir müssen uns die Hausruine näher ansehen.«

»Warum? Da steht doch nicht mehr viel!«, entgegnete Wayne.

»Ich weiß. Aber die Keller sind noch da.«

»Du denkst, dass Nellys Leiche im Keller sein könnte?« Wayne schüttelte ungläubig den Kopf. »Wenn der Lehrer das Mädchen wirklich gekidnappt und getötet hat, dann kann er sie irgendwo auf der Welt verscharrt haben. Das wäre schön blöd, es im eigenen Haus zu tun, oder?«

»Stimmt. Aber es wäre so blöd, dass es schon wieder genial ist.«

Er nickte. »Könnte sein. Einen Versuch ist es jedenfalls wert. Glaubst du, die Bullen lassen sich überzeugen, dort noch einmal nachzugucken?«

»Keine Ahnung, aber das ist mir auch egal.«

»Wieso das?«

»Das machen wir selbst – mithilfe der Abbruchfirma.«

Clarissas Augen leuchteten. »Ich hab den Namen der Firma hier.« Sie suchte in ihrer Tasche.

»Clarissa, du fragst bei der Firma nach, wann die Arbeiten weitergehen. Und dann erzählst du denen eine Story, die du noch erfinden musst. Reportage über Hausabriss, das schwere Leben von Abbrucharbeitern oder irgendwas in der Richtung. So können wir dabei sein.«

Wir gingen auseinander. Ich musste endlich ein paar Zeilen über das vorläufige Obduktionsergebnis im Fall Kunze verfassen. Nach einer Stunde war ich mit allem fertig und fuhr nach Hause.

Bevor ich ins Bett ging, erkundigte ich mich im Krankenhaus nach Iffi Falkenberg. Ich bekam nur heraus, dass sie auf der Intensivstation lag. Besonders gut ging es ihr demnach wohl nicht.

Späte Spuren exklusiv

Bernd Hummel und Pfarrer Kasch. Wem standen sie im Weg? Was verband die beiden? Wie passte Kunze dazu? Diese Fragen bescherten mir eine weitere schlechte Nacht.

Erneut kam ich völlig gerädert in der Redaktion an. Im Großraumbüro saß Mäggi Wurbel-Simonis bei einem Kaffee. Sie sah auch nicht frischer aus als ich.

»Was ist los?«, fragte ich.

»Mamadou wohnt bei mir.«

»Und das willst du nicht?«

»Es ist anstrengend.«

Ich grinste.

»Nein, nicht was du denkst«, seufzte sie. »Er ist sehr lieb und dankbar, aber wie ein kleines Kind.«

»Er kennt sich hier nicht aus und du bist seine einzige Bezugsperson«, wandte ich ein. »Wie lange bleibt er?«

»Bis sein Visum abgelaufen ist.«

»Bist du dir sicher?«

»Ja, ich habe ihm gesagt, dass er nicht länger bleiben kann.«

»Liebst du ihn?«

»Meine Güte, Grappa!« Mäggi blickte zur Tür. Dort stand Sarah mit aufgestellten Lauschern.

»Du hast das alles schon im Griff, Mäggi«, sagte ich und legte ihr freundschaftlich den Arm um die Schultern.

Sarah schaute mich überrascht an.

»Sag mal, Grappa«, kam es prompt einige Minuten später flüsternd. »Wohnt der Schwarze immer noch bei ihr?«

»Mäggi!«, rief ich quer durch den Raum. »Sarah möchte gern wissen, ob der Schwarze noch bei dir wohnt!«

»Du bist ein Aas, Grappa«, zischte die Sekretärin und verließ fluchtartig das Büro. Irgendwas wird mir fehlen, wenn ich mal in Rente bin, dachte ich.

Clarissa konnte mit ihrem Themenvorschlag vom wiedergefundenen Teddy brillieren. Schnack war entzückt von der Story. »Haben wir das exklusiv?«, fragte er.

»Aber klaro«, sagte die Blondine. »Und den Termin mit der Abbruchfirma haben wir morgen Nachmittag. Dann wird die Sache rund.«

»Bekommen wir die Mutter vor die Kamera?«

»Sie liegt zurzeit im Krankenhaus. Aber wir haben Fotos

aus früheren Jahren. Die kleine Nelly mit dem Teddy und natürlich mit ihrer Mutter – und so weiter.«

»Ich möchte eine schriftliche Erklärung, dass wir die Fotos veröffentlichen dürfen«, forderte Schnack.

Clarissa wollte etwas sagen, doch ich warf ihr einen warnenden Blick zu. »Das ist kein Problem«, sagte ich. »Wir werden die Erlaubnis bekommen.«

Iffi Falkenberg war zum Glück wieder ansprechbar. Sie lag auch nicht mehr auf der Intensivstation, sondern war in einem normalen Zimmer untergebracht worden.

Clarissa hatte Blumen besorgt. Zaghaft klopfte ich an die Tür. Keine Antwort. Wir betraten das Zimmer. Die alte Frau döste vor sich hin.

Wir näherten uns. »Hallo, Frau Falkenberg«, sagte ich. »Wie geht es Ihnen?«

Langsam öffnete sie die Augen. »Frau Grappa«, sagte sie mit schwacher Stimme. »Schön, Sie zu sehen.«

»Wie fühlen Sie sich?«

»Schwach, aber das wird schon. Haben Sie meine Nelly gefunden?«

»Nein. Darf ich Ihnen noch ein paar Fragen stellen?«

»Geben Sie mir ein Glas Wasser, bitte.«

Die Mineralwasserflasche stand auf dem Nachttisch. Ich schenkte ein und reichte ihr das Glas. Sie trank gierig.

»Jetzt geht es etwas besser«, sagte sie. »Fragen Sie.«

»Otto Blome. Was hat er damals zu Protokoll gegeben? Er ist doch bestimmt nach Nellys Verschwinden vernommen worden. Wissen Sie das noch?«

»Das ist richtig. Er hat gesagt, dass Nelly ganz normal von der Schule den Nachhauseweg angetreten hat. Und dass er sie danach nicht mehr gesehen hat.«

»Von einem Teddy war nie die Rede, oder?«

»Nein. Er wusste aber, dass Brummel Nellys Lieblingsstofftier war. Sie hatte ihn schließlich immer dabei.«

»Was war Blome für ein Mensch?«

»Ich weiß nicht mehr so genau. Ein Lehrer halt. Ich hätte nie gedacht, dass er meinem Kind etwas antut ...« Sie stockte.

»Das wissen wir doch nicht«, warf ich ein. »Wir wissen nicht, ob er mit Nellys Verschwinden etwas zu tun hatte.«

»Und der Teddy? Warum hatte er den Teddy?«

Clarissa setzte sich aufs Bett und nahm Iffis Hand. »Das werden wir herausbekommen. Machen Sie sich keine Sorgen und werden Sie gesund. Es tut mir so leid, was Sie erlebt haben.« Clarissas Augen wurden feucht.

Es war rührend. Wie sollte ich bei dieser Gefühlsduselei an die Einverständniserklärung kommen?

»Ich werde Ihre Geschichte schreiben«, säuselte Clarissa weiter. »Aber das geht nur, wenn wir rechtlich auf der sicheren Seite sind. Könnten Sie uns schriftlich gestatten, dass wir die Fotos und das, was Sie uns erzählt haben, veröffentlichen dürfen?«

Ich reichte die von mir vorbereitete Erklärung weiter. Iffi Falkenberg las sie durch und unterschrieb.

Abstieg in die Unterwelt

Wieder zurück in der Redaktion ging Clarissa in Klausur und brütete über dem Artikel. Ich versuchte derweil, die Polizei für den alten Fall Nelly Falkenberg zu interessieren, kam aber nicht weit. Im Präsidium konnte sich niemand mehr an das Verschwinden des kleinen Mädchens vor siebenundvierzig Jahren erinnern, was ja keine Überraschung war. Die Beamten von damals waren entweder tot, pensioniert oder nicht mehr zu finden. Man versprach mir immerhin, irgendwann die alten Akten aus dem Archiv zu holen und mir zu überlassen. Irgendwann – das hörte sich nicht gerade zeitnah an.

Ich rief Wayne an und wir fuhren zu dem Abrisshaus. Von

den Mauern standen nur noch zwei. Die leeren Fensterhöhlen sahen sehr nach Ruine aus. Drei große Container enthielten Bauschutt. Clarissas Fotos vermittelten zwar einen ersten Eindruck, aber ein professioneller Fotograf konnte dem Gemäuer bestimmt noch eine morbide Note geben durch Beleuchtung und Bildausschnitt.

Wir schoben das Absperrband beiseite. Niemand beobachtete uns.

Über ein paar Stufen, die früher wohl mal zur Eingangstür führten, gelangten wir auf die Kellerdecke. Vor uns war ein längliches Loch. Ein Gitter, das darauf gelegt worden war, sicherte den Einstieg in das Untergeschoss ab. Die Treppe schien noch intakt zu sein.

Gemeinsam zogen wir das Gitter weg. Pöppelbaum stieg ins Dunkle. Prompt fing es an zu regnen.

»Das kommt gut«, frohlockte Wayne unten. »Die Suppe läuft in Rinnsalen die Treppe herunter. Schöne Kontrastverstärkung. Und das Wasser sieht aus wie Blut.«

Ich wartete oben und lauschte dem Klicken des Auslösers. Ab und zu sah ich das Licht des Blitzes.

»Siehst du irgendwas Ungewöhnliches?«, rief ich schließlich. »Einen Hohlraum, eine später verputzte Stelle in der Wand vielleicht?«

»Du hast zu viele Gruselfilme gesehen, Grappa«, antwortete er. »Hier ist nichts. Kein Grab, keine Urne, noch nicht mal ein Rattenloch. Es riecht nach Schimmel und nicht nach Leiche. Nimmst du mir mal die Kamera ab?«

Er reichte sie mir hoch und kletterte vorsichtig ans Tageslicht zurück. Der Regen hatte die Treppenstufen rutschig gemacht.

»Und jetzt?«, fragte er und klopfte sich das Wasser von der Jacke.

»Clarissa. Sie schraubt an ihrer Story und braucht die Fotos. Wir sollten zurück.«

Clarissa legte ihr ganzes Herzblut in die Geschichte um das Schicksal von Nelly Falkenberg, ohne zu sehr auf die Tränendrüsen zu drücken. Schnack setzte den Artikel noch am späten Nachmittag online und postete sie auf der Facebook-Seite des *Bierstädter Tageblattes.* Der Zuspruch war enorm. Ein wiedergefundener Teddy und ein jahrzehntelang vermisstes Mädchen – das regte die Fantasie der Leser ungeheuer an. Unsere Mailbox war voller Beiträge, die sich zum Teil in wilden Vermutungen, zum anderen Teil in Verdächtigungen ergingen.

Wir hatten nicht oft eine so heftige Reaktion der Leser auf unsere Berichte. Schnack wollte die Welle des Interesses ausnutzen: Wir sollten dem Abrisshaus weitere Aufmerksamkeit zuwenden.

»Da brauchen wir aber Verstärkung«, wandte Wayne ein. »Im Keller stehen die Wände noch und es ist stockdunkel.«

»Da Beste wäre, wenn die Polizei ihre Spurensicherer da reinschicken würde«, fiel mir ein. »Aber die sind überhaupt nicht scharf auf einen so alten Fall.«

Schnack wurde ärgerlich. »Frau Grappa, Sie als Polizeireporterin müssen doch einen Draht zu den Ermittlungsbehörden haben. Machen Sie denen mal richtig Dampf. Drohen Sie mit Enthüllungen über Schlamperei.«

Also rief ich noch einmal bei der Polizei an, aber dort interessierte sich immer noch niemand für Nellys Schicksal. Ich verlangte den Pressesprecher und hielt ihm einen Vortrag: »Herr Piepenbrink, wir kennen uns doch schon eine ganze Weile, ja?«

»Sie sind hier im Hause eine sprichwörtlich bekannte Persönlichkeit«, blieb er höflich.

»Wir sind einer Sache auf der Spur, die Sie sehr schlecht aussehen lassen wird, wenn wir recht haben.«

»Ich höre.«

»Es geht um die Geschichte mit diesem Teddy und dem verschwundenen Mädchen.«

Er seufzte.

»Wir werden morgen früh mithilfe einer Abbruchfirma die Reste dieses Hauses untersuchen, in dem der Teddy aufgetaucht ist. Wenn wir da etwas finden, was auf das verschwundene Mädchen hinweist, fliegt Ihnen ein Shitstorm und die Ohren, den Sie sich kaum vorstellen können: ›*Tageblatt* muss ermitteln, weil die Polizei nicht will.‹ Das wäre noch das Mildeste.«

»Ich rufe Sie gleich zurück. Wie ist die Adresse?«

Fünf Minuten später erfolgte der Rückruf. »Die Abbruchfirma brauchen Sie nicht. Wir schicken ein paar Leute hin. Morgen acht Uhr.«

»Absacker?«, fragte ich Wayne am Ende des Arbeitstages.

»Ich bin schon verabredet«, lächelte er.

»Anja Neuhaus?«

»Ja. Wir mögen uns.«

»Darauf wäre ich jetzt nicht gekommen.«

»Ach ja, da fällt mir noch was ein, Grappa«, sagte Wayne. »Anja hat sich doch noch erinnert, den Fahrer des weißen Kastenwagens einmal gesehen zu haben. Also Bernd Hummel. Merkwürdigerweise sprach der Pfarrer ihn aber weder mit *Bernd* noch *Bernie* oder Ähnlichem an. Sondern mit *Micha*.«

»Micha?«

»Ja. Ich konnte nichts damit anfangen. Hast du eine Idee?«

Nein, hatte ich nicht.

Eine Nachricht mit Folgen

Ortstermin bei dem Abbruchhaus. Es war kühl. Mein Magen grummelte, deshalb hatte ich auf einen Kaffee verzichtet. Wayne und Clarissa waren wesentlich munterer als ich.

Zwei Kriminalbeamte der Spurensicherung in Weiß verschwanden in der Öffnung. Dann hörten wir, dass sie Boden und Mauern des alten Kellers abklopften. Das dauerte eine ganze Weile. Schließlich erschien einer der Männer wieder auf der Treppe. Er ließ sich zwei Schaufeln und eine Spitzhacke geben.

»Die haben was gefunden«, sagte Clarissa. Sie war totenbleich.

Kurz darauf traf der Staatsanwalt ein und verschwand in dem Keller. Nicht lange danach kam er wieder zum Vorschein und wandte sich an Pöppelbaum.

»Der Hinweis auf diese Sache kommt von Ihnen?«, fragte er.

»So ist es. Wir wollten diese Suche dann doch nicht selbst in Angriff nehmen«, drängelte ich mich vor.

»Lobenswert, Frau Grappa.«

»Gibt es Neuigkeiten oder müssen wir auf Ihre Presseerklärung warten?«

»Wir haben das Skelett eines Kindes gefunden.«

Clarissa schlug sich die Hand vor den Mund.

»Darf ich ein Foto machen?« Pöppelbaum wusste, worauf es ankam.

Der Staatsanwalt zögerte.

»Geben Sie sich einen Ruck«, forderte ich ihn auf. »Ohne uns hätten Sie gar nichts.«

»Na gut. Heute Nachmittag müssen wir sowieso damit an die Öffentlichkeit.«

Schon war Pöppelbaum nicht mehr zu sehen.

In der Redaktion scheuchte ich Clarissa und Wayne an ihren Arbeitsplatz. »Wir haben den Fund des Skeletts exklusiv, also los! Wenn der Staatsanwalt die Presseerklärung herausgibt, ist es damit vorbei. Ab, ihr zwei!«

Clarissa fragte noch: »Wie sollen wir es Frau Falkenberg sagen?«

»Am besten gar nicht«, meinte Wayne.

»Das geht nicht«, wehrte ich ab. »Die Fernsehsender berichten spätestens heute Abend darüber. Wollt ihr, dass sie es aus der Glotze erfährt?«

Nein, das wollte niemand von uns der alten Frau zumuten. Wir mussten es ihr schonend beibringen.

»Ich fahre zu ihr ins Krankenhaus«, entschied ich.

»Grappa, du bist nicht gerade ein Ausbund an Sensibilität«, entgegnete Wayne. »Hast du niemanden an der Hand, der einigermaßen professionell im Mitteilen schlechter Nachrichten ist? Ein Notfallseelsorger oder so was?«

Ich überlegte. »Irene Stein«, rief ich aus. »Die Therapeutin aus der Stalkingopfer-Selbsthilfegruppe. Sie kennt Iffis Schicksal.« Ich sah Wayne schräg an. »Sie hat bestimmt das Fingerspitzengefühl, das du mir nicht zutraust.«

»Seit wann bist du so empfindlich?«

Irene Stein war bereit, mich zu Iffi Falkenberg zu begleiten. Ich informierte sie über die jüngsten Ereignisse.

Der Knochenfund und das vermutliche Ende der Geschichte um Nelly erschütterten sie. »Ist denn sicher, dass das Skelett Nelly ist?«

»Gewissheit gibt es erst durch die DNA-Analyse. Die Polizei wird Frau Falkenberg bald im Krankenhaus aufsuchen, um an Vergleichsmaterial zu kommen«, erklärte ich. »Hoffentlich sind wir vorher da.«

Ein falscher Verdacht?

Die Tür zu Iffis Krankenzimmer war einen Spalt geöffnet. Ich rief ein lautes »Hallo« und drückte sie auf.

Eine Frau stand vor dem Bett und beugte sich über die Kranke, ein Kissen in beiden Händen.

»Was machen Sie da?«, rief ich.

Die Frau schnellte herum. Es war Anja Neuhaus.

»Guten Tag, Frau Grappa«, sagte sie.

»Legen Sie sofort das Kissen weg!«, forderte ich.

»Ich wollte es doch nur aufschütteln«, behauptete sie.

Iffi Falkenberg öffnete die Augen. »Was ist denn?«, fragte sie.

»Das weiß ich auch nicht. Ich hatte den Eindruck, als ob …«

Anja Neuhaus legte das Kissen beiseite. »Sie glauben ja wohl nicht im Ernst, dass ich Frau Falkenberg mit einem Kissen ersticken wollte?« Sie kicherte hysterisch.

»Das sah aber ganz so aus!«

Irene Stein warf uns einen warnenden Blick zu und nahm die Hand der alten Frau. »Liebe Iffi, wie geht es Ihnen heute?«

»Ganz gut«, murmelte sie. »Ich hab Schlafmittel bekommen und bin noch nicht ganz bei mir. Ist etwas passiert?«

Ich wollte antworten, doch Irene Stein war schneller. »Ich muss Ihnen etwas erzählen.«

»Ich geh dann mal«, kündigte Anja Neuhaus an und schritt zur Tür.

Ich folgte ihr in den Flur, Irene Stein kam sicher ohne mich besser klar.

»Ich wollte wirklich nur das Kissen richten, Frau Grappa«, beteuerte Anja Neuhaus mit unschuldigem Blick.

»Warum besuchen Sie Frau Falkenberg?«

»Sie wissen doch, dass ich damals, als sie den Pfarrer stalkte, ein paarmal Kontakt zu ihr hatte. Und seitdem ich das mit ihrer Tochter weiß, tut sie mir einfach nur leid. Glauben Sie mir, ich führe nichts Böses im Schilde. Welchen Grund sollte ich haben, Frau Falkenberg zu töten?«

Die Frage konnte ich leider nicht beantworten. Ihre Worte klangen jedoch glaubwürdig. Drehte ich langsam durch? Wurde ich hysterisch? Sah ich Gespenster?

»Entschuldigen Sie«, sagte ich. »Ich weiß auch nicht, was in mich gefahren ist.«

»Kein Problem«, lächelte sie. »Sie sind überarbeitet.«

»Ja, das wird es wohl sein.«

Irene Stein trat zu uns und nickte mir zu. »Sie hat sich gut im Griff. Wir sollten gehen und sie jetzt allein lassen.«

Anja Neuhaus verabschiedete sich und verließ das Krankenhaus vor uns.

Im Auto meinte Irene Stein: »Die Szene war wirklich missverständlich. Für eine Zehntelsekunde dachte ich auch, dass diese Frau einen Mordanschlag verüben wollte. Woher kennen Sie die Dame?«

»Sie war Pfarrer Kaschs Nachbarin. Eigentlich eine nette Frau. Ich weiß auch nicht, was in mich gefahren ist. Frau Neuhaus war mal Krankenschwester in der Psychiatrie, so sagte sie. Als ich sie mit dem Kissen über Frau Falkenberg gebeugt sah, hatte ich ähnliche Szenen aus Fernsehkrimis vor Augen.«

Irene Stein lächelte. »Niemand hat seine Erinnerungen an der Kandare. Denken Sie an Frau Falkenberg. Jahrzehntelang war ihr Dasein durch den Verlust ihrer Tochter geprägt. Jetzt hat sie vielleicht die Chance, Abschied zu nehmen.«

Ich setzte sie vor ihrer Wohnung ab und fuhr weiter zur Redaktion. Clarissas Artikel stand schon online und war gut gelungen. Waynes Foto von den Knochen war so gruselig, wie es sein musste.

Die Staatsanwaltschaft teilte das Ergebnis des DNA-Schnelltests mit. Die Kinderknochen im Abbruchhaus gehörten zu Nelly Falkenberg. Das kleine Mädchen musste kurz nach seiner Entführung zu Tode gekommen sein.

Clarissa Schreiner wusste Bescheid und schrieb an der Fortsetzung ihrer Reportage. Ich berichtete ihr, dass Irene Stein Iffi Falkenberg von den heutigen Ereignissen erzählt hatte. Die Irritation, die mir Anja Neuhaus verschafft hatte, verschwieg ich.

Es war Freitag und die meisten Kollegen waren schon ins Wochenende gestartet. Wayne Pöppelbaum leider nicht. Als er auf dem Parkplatz auf mich zustürzte, ahnte ich, was los war.

»Wie konntest du nur, Grappa!«, brüllte er.
»Reg dich ab«, schlug ich vor.
»Abregen?« Er baute sich vor mir auf. »Du hast Anja eines Mordversuchs bezichtigt!«
»Ich habe mich entschuldigt!«
»Grappa! Du hast sie nicht alle! Diese Mordfälle machen dich völlig verrückt.«

Gedanken über den Job

Verdammt. Ich bekam das Bild nicht aus dem Kopf. Anja Neuhaus mit dem Kissen in der Hand über Iffi Falkenberg gebeugt. So schüttelt man kein Kissen auf, um es einer vor sich hindösenden Frau unter den Kopf zu legen. Und doch musste ich mich getäuscht haben.

Gut, dass es Freitagabend war. Ich musste mich ablenken. Eine Flasche Wein lag trinkbereit im Kühlschrank. Ich entkorkte sie. Die Tür zum Garten war geöffnet und das Licht zog kleine Insekten an. Einige von ihnen flogen schnurstracks zum Glas und fielen in den Riesling. Ich tauchte meinen Zeigefinger hinein und ließ die Viecher an meiner Hand hochkrabbeln. Sie schüttelten sich, um die Flüssigkeit loszuwerden, leckten ihre Beinchen ab und übten den Weiterflug. Es ist schon phänomenal, wie jedes Lebewesen an seiner Existenz festhält.

Doch manche haben keine Chance, weil sie auf brutale Gewalt treffen. Wie Nelly Falkenberg. Ein kleines Mädchen, das seinem Lehrer vertraut. War sie ihm in sein Haus gefolgt? Hatte er sie gezwungen, mit ihm zu gehen? Oder hatte sich ein Unfall ereignet? Das würde sich nach fast fünfzig Jahren nur noch schwer feststellen lassen.

Trotz meines Jobs als Polizeireporterin hatte ich verblüffend wenige Opfer von Gewaltverbrechen real gesehen. Als Journalistin kam ich immer erst zum Tatort, wenn die zuständigen Stellen die Leichen schon weggeschafft hatten. So blieben mir die Bilder zerfetzter Körper auf Bahngleisen oder verbrannter Köpfe in Backöfen erspart.

Ich nahm Glas und Weinflasche und legte mich aufs Sofa. Natürlich berichteten die Fernsehmagazine über Iffi Falkenberg und den Fund in dem Abbruchhaus.

Auf der Homepage der Bierstädter Polizei wurden gegen Mitternacht Fotos veröffentlicht. Die Gerichtsmediziner hatten die Kleidung, die das tote Mädchen getragen hatte, auf einem Tisch drapiert und abgelichtet. Ein ziemlich vermodertes blau-rot-weiß kariertes Kleid mit ehemals weißem Kragen. Daneben rote Söckchen. Und eine silberne Kette mit einem Herzchen als Anhänger.

Was Wichtiges zu erledigen …

In der Printausgabe des *Tageblatts* machte sich Clarissas Artikel angenehm sachlich. Ich las ihn beim Frühstück im Bistro.

»Du siehst nicht gut aus, Frau Grappa«, stellte Anneliese Schmitz fest.

»Das Alter«, gab ich zurück. »Falten, Doppelkinn, graue Haare und alles hängt.«

»Nein, es ist nicht das Alter«, widersprach sie. »Du bist erschöpft und unzufrieden. Warum? Ihr habt den Fall mit dem verschwundenen Kind doch gelöst.«

»Aber nicht den Mord an dem Pfarrer. Da weiß ich einfach nicht weiter. Und ich sehe Gespenster. Gestern habe ich eine harmlose, freundliche Frau beschuldigt, einen Mordanschlag ausführen zu wollen.«

Ich erzählte ihr von meiner Attacke auf Anja Neuhaus, die neue Freundin meines Fotografen.

Die Bäckerin musste grinsen. »Da hast du wohl ins Klo gegriffen, Frau Grappa. Er wird es schon überleben.«

Mein Handy meldete sich. Eine unbekannte Nummer. Eine Mitarbeiterin des Krankenhauses meldete sich.

»Frau Falkenberg hat die Klinik verlassen. Auf eigenen Wunsch«, teilte mir eine Frauenstimme mit.

»In welcher Verfassung war sie?«

»Das weiß niemand. Sie hat noch gefrühstückt und die Zeitung gelesen und ist dann mit einem Taxi einfach weg.«

»Und warum rufen Sie mich an?«

»Leider hat sie ihre Betablocker nicht mitgenommen. Wir haben Ihre Visitenkarte in einer Schublade gefunden. Sie braucht die Tabletten dringend. Haben Sie eine Ahnung, wo sie sich aufhalten könnte?«

»Nein. Aber ich werde mich kümmern.«

Frau Schmitz hatte interessiert gelauscht.

»Iffi Falkenberg ist aus dem Krankenhaus verschwunden.«

»Das wäre ich auch«, nickte die Bäckerin.

»Wieso?«

»Weil ich was Wichtiges zu erledigen hätte.« Die Bäckerin griff nach dem *Tageblatt.* »Hier!«, sagte sie und deutete auf eine Stelle in Clarissas Story.

Ich las:

Die Witwe des verdächtigen Lehrers lebt in einer privaten Seniorenresidenz im Bierstädter Süden. Ob sie etwas über das Schicksal des toten Kindes weiß? Ob sie wusste, dass die Leiche des sechsjährigen Mädchens unter dem Kellerboden verscharrt wurde? Die Polizei wird Otto Blomes Ehefrau sicherlich danach befragen.

»Ich würde dorthin fahren, wenn es mein Kind gewesen wäre«, bekräftigte die Bäckerin. »Diese Frau könnte die Einzige sein, die die Wahrheit kennt.«

»Du hast recht, Frau Schmitz. Wenn jemand etwas weiß, dann die Frau des Lehrers.« Ich stand auf. »Ich muss den Taxifahrer finden, der Iffi Falkenberg gefahren hat.«

»Und dein Frühstück?«

Ich griff den Kaffeepott und nahm ein paar große Schlucke. »Das muss reichen. Wünsch mir Glück!«

Vor der Krankenhausvorfahrt standen fünf Taxis, die auf Passagiere warteten. Ich befragte die Fahrer und hatte bei einem Erfolg.

»Die alte Dame wollte zu einem privaten Heim im Süden. Da gibt es nur eins. Das *Konstantinum*. Ich hab die Kundin dort abgesetzt.«

Ein Foto verändert die Lage

Ich hatte den halben Weg zur Seniorenresidenz schon hinter mich gebracht, als mein Handy klingelte. Pöppelbaum. Mit ihm hatte ich nach unserem Streit am allerwenigsten gerechnet, schon gar nicht am Wochenende.

»Es geht um Anja Neuhaus«, begann er.

»Ich bin unterwegs und hab keine Zeit für deine Beziehungsprobleme«, gab ich zurück. »Und tschüss.«

Ich drückte den Anruf weg und warf das Telefon auf den Beifahrersitz. Prompt klingelte es weiter.

Ich bog in eine Anliegerstraße ein und stoppte den Wagen. »Warum nervst du mich?«

»Grappa! Hör mir zu!«

»Warum sollte ich?«

»Weil es wichtig ist!«

»Dann sag, was du zu sagen hast.«

»Ich habe mich doch gestern Abend mit Anja getroffen. Beim Italiener. Ihr Handy schellte und sie sprach kurz mit dem Anrufer, aber auf Französisch. Leider verstand ich kein Wort, aber es schien ihr unangenehm zu sein, dass ich alles mitbekam. Die Stimmung war dahin. Wir haben unser Essen runtergeschlungen und ich hab sie nach Hause gebracht. Sie war abwesend, wirkte ängstlich. Ich fragte sie, was los sei, aber sie wiegelte ab. Ich bin weg, dann aber wieder umgedreht und hab das Haus beobachtet, natürlich so, dass sie mich nicht bemerkte.«

»Wo ist die Pointe?«, fragte ich.

»Die kommt sofort. Nach etwa zwanzig Minuten fuhr ein Oberklasseschlitten vor und ein Kerl stieg aus. Er brauchte noch nicht mal zu klingeln, denn Anja stand schon in der Tür, als er sich dem Haus näherte. Sie hat ihn erwartet.«

»Okay, dann hat sie eben schon einen Stecher. Was hab ich damit zu tun?«, fragte ich.

»Der Mann drehte sich in der Tür noch mal um, als ob er sich vergewissern wollte, dass die Luft rein ist. Ich hab ihn fotografiert. Leider wurde der Blitz ausgelöst. Ich bin dann getürmt.«

»Tolle Nummer«, meinte ich. »Und jetzt wirst du endlich enthüllen, was das mit mir zu tun hat!«

»Ich bin nicht gleich drauf gekommen, aber der Mann kam mir bekannt vor. Nun ist mir wieder eingefallen, wo ich ihn schon gesehen hatte. Auf deinem Monitor in der Redaktion. Ich schick dir das Bild auf dein Smartphone. Ruf mich zurück, wenn du es gesehen hast.«

Eine Minute später war es da. Ich öffnete es: Der Mann, der in Hut und Mantel im Hauseingang stand und auf die Straße blickte, war Dominique Lavant!

Ich wählte Waynes Nummer. »Mir schwirrt der Kopf«, gestand ich. »Anja Neuhaus und Lavant. Was verbindet die beiden?«

»Keine Ahnung.«

»Frag sie doch einfach beim nächsten Treffen. Sie kann bestimmt alles erklären.«

»Grappa! Dann weiß sie doch, dass ich sie heimlich beobachtet habe. Das wäre mir sehr peinlich.«

»Ich muss weiter ins *Konstantinum.* Die Falkenberg ist auf dem Weg zu Otto Blomes Witwe. Vielleicht ist sie sogar schon da. Da könnte gleich die Post abgehen.«

»Soll ich mitkommen?«

»Das krieg ich schon allein hin.«

Stumpfes Messer und blutige Schrammen

Die Wohnstätte, in die sich Frau Blome zurückgezogen hatte, war Bierstadts beste Adresse für Senioren. Ein privater Träger mit Nähe zur evangelischen Kirche hatte es vor Jahren erbaut. Zur Auswahl standen Appartements und kleine Wohnungen. Die Bewohner konnten sich schon zu jüngeren Lebenszeiten einkaufen, um später nicht Gefahr zu laufen, im Billigsegment der Altenverwahrung zu landen.

Sogar der Parkplatz war gärtnerisch gestaltet. Kleine Buchten, begrenzt von Rosenbeeten und Designerleuchten. Den Weg zum Haupteingang säumten Stein- und Holzplastiken, die von regionalen Künstlern stammten. Margarete Wurbel-Simonis bestimmte die Ankäufe mit, so wusste ich, sie saß im künstlerischen Beirat des Trägervereins.

Ich betrat die Halle. Alles war freundlich, hell und ansprechend, nicht zu vergleichen mit der Dunkelheit und Enge mancher Alten- oder Pflegeheime, in denen die weniger Begüterten leben mussten. Auch der Geruch war anders.

Hinter dem Empfangstresen saß eine gut gekleidete junge Frau.

»Ich möchte Frau Blome besuchen«, sagte ich. »Sie wohnt seit einigen Wochen hier.«

»Einen Augenblick bitte. Setzen Sie sich doch einen Moment.« Sie deutete auf eine lederne Sitzecke neben einem Springbrunnen.

Ich setzte mich und behielt die Empfangsdame im Auge. Sie wählte eine Nummer und wartete. Dann sprach sie, legte den Hörer auf und winkte mich heran.

»Frau Blome hat gerade Besuch von einer alten Freundin. Wollen Sie warten?«

»Ach ja, Tante Iffi. Wir wollten gemeinsam vorbeikommen, aber ich habe mich verspätet.«

»Sie kennen sich?«

»Aber ja. In welches Zimmer muss ich denn?«

Sie nannte mir die Nummer.

Ich ging zu den Fahrstühlen. Dritte Etage. Ein Hinweisschild zeigte nach rechts. Mein Herz schlug bis zum Hals. Da war das Zimmer. Neben dem Türrahmen ein Metallschild mit dem Namen *Erika Blome*.

Ich klopfte und drückte die Klinke nach unten: zwei Frauen auf einem rosafarbenen Sofa. Iffi Falkenberg hatte Erika Blome am Arm gepackt und drückte ihr den Teddy auf den Bauch.

Erika Blome sah mich und begann zu weinen. »Helfen Sie mir«, flehte die alte Frau.

»Guten Tag, Frau Falkenberg«, sagte ich laut. »Haben Sie Frau Blome schon gefragt, was damals geschehen ist?«

Iffi Falkenberg drehte sich um und sah mich an. »Hauen Sie ab!« Es klang böse. »Was habt ihr mit Nelly gemacht?«, schrie sie dann Erika Blome an und schlug zu. Der Schlag landete in Blomes Gesicht. Sie sank zusammen.

Ich wollte nach Iffi Falkenberg greifen, sie von der alten Dame wegziehen. Die Hand mit dem Messer überraschte mich. Iffi Falkenberg zog es in Höhe meines Magens von links nach rechts. Reflexartig hielt ich meine Arme vor den Bauch. Verdammt! Ein jäher Schmerz erfasste mich. Fassungslos starrte ich auf meinen linken Unterarm. Aus einem langen Riss quoll Blut.

Erika Blome wimmerte. Auch sie blutete. Der Schlag vor den Kopf war heftig gewesen. Ich muss Hilfe holen, schoss es mir durch den Kopf, sonst geht das hier tödlich aus.

»Grappa, weg da!« Waynes Stimme.

Ich schaute zur Tür. Ja, er war es wirklich. Hinter ihm Polizisten. Ich presste meine Hand auf die Wunde.

Iffi Falkenberg schrie auf und wandte sich wieder Frau

Blome zu. Die war völlig erstarrt, doch im letzten Moment rissen die Polizisten die Angreiferin zurück und entwanden ihr das Messer.

Eine Weile war es ganz still, niemand regte sich.

Dann ertönte ein unirdisches Kichern.

Es kam von Erika Blome. »Ihr könnt mir gar nichts tun«, krächzte sie. »Das alles ist längst verjährt.«

»Was ist verjährt?«, hakte ich nach.

»Dieses dumme Kind.«

»Können wir das nicht später klären?«, fragte ein Polizist.

»Nein. Das ist das Motiv für alles. Und hören Sie gut zu, Sie Oberpolizist«, blaffte ich. »Dann stehen Sie bei Ihren Vorgesetzten super da.«

Wayne drückte mir ein Handtuch auf die blutende Wunde.

Erika Blome hatte sich in ihrem Sofa zurückgelehnt und hielt sich ein Taschentuch an die Schläfe.

»Was hat das dumme Kind denn gemacht?«, wollte ich wissen.

Erika Blome schaute mich direkt an und ihr Blick war fiebrig. »Das Mädchen klingelte und ich bin zur Tür. Ich kannte sie, eine von Ottos Schülerinnen. Hübsches Mädchen. Hatte den Teddy in der Hand. Drecksvieh.«

Voller Abscheu schleuderte sie Brummel auf den Boden.

Iffi Falkenberg stöhnte auf und wollte sich aus dem Polizeigriff losreißen. Doch es misslang.

»Was wollte Nelly?«, nahm ich den Faden wieder auf.

»Sie musste mal. Ich sagte ihr, dass sie weggehen soll. Ich will keinen Dreck von Fremden im Haus. Aber sie ging nicht, sondern kam die Treppe hoch, direkt auf mich zu. Mit diesem Schmutzvieh in der Hand. Da hab ich sie weggeschubst. Ich mag keine Fremden in meinem Haus.«

»Sie haben Nelly die Treppe hinuntergestoßen?«, fragte ich.

»Was sollte ich denn tun? Dieses Kind war ungehorsam! Ich musste mein Haus schützen! Das müssen Sie doch verstehen!«

Iffi Falkenberg stöhnte auf und sackte zusammen. Die Polizisten verhinderten, dass sie auf dem Boden aufschlug.

Der Fall Nelly Falkenberg war aufgeklärt. Der Schnitt in meinem Unterarm war nicht tief, der Notarzt verklebte ihn mit einem Pflaster. Iffi Falkenberg und Frau Blome wurden medizinisch versorgt. Noch am Abend wurde die Lehrerwitwe von der Kripo und einem Staatsanwalt vernommen. Schnell stellte sich heraus, dass es kein Mord gewesen war. Ob Körperverletzung mit Todesfolge oder Totschlag infrage kamen, war unerheblich: nach siebenundvierzig Jahren war beides verjährt und strafrechtlich nicht mehr zu ahnden.

Warum hatte der Lehrer damals nicht die Wahrheit gesagt? Iffi Falkenberg wäre viel Leid erspart geblieben.

Bevor die Ambulanz sie ins Krankenhaus zurückbrachte, entschuldigte sie sich bei mir für die Messerattacke.

»Kein Thema«, meinte ich.

»Ich bin jetzt frei. Ich weiß nun, dass Nelly schnell gestorben ist. Keine jahrelange Qual, kein sexueller Missbrauch. Diese Bilder haben mein Leben kaputt gemacht. Es ist ein gutes Gefühl, endlich die Wahrheit zu kennen.«

Endlich Gewissheit

Am Sonntagmittag informierten Polizei und Staatsanwaltschaft die Medien. Ich war in die Redaktion gefahren, um den Artikel über die gestrigen Ereignisse zu schreiben. Clarissa Schreiner, deren Geschichte es ja eigentlich war, hatte das Ende nicht mitbekommen. Sie war übers Wochenende ans Meer gefahren. Dafür war Wayne da. Selbstverständlich hatte er gestern geknipst, doch wir konnten die Bilder nicht bringen. Weder Blome noch Falkenberg hatten uns eine Genehmigung erteilt.

Ich las die Pressemitteilung.

Vermisstenfall nach 47 Jahren aufgeklärt – hieß es lapidar. Die Behörden informierten über Erika Blomes Aussage, die vom Gerichtsmediziner untermauert wurde. Er hatte festgestellt, dass das Genick des Mädchens gebrochen war und dass diese Fraktur durch einen Treppensturz entstanden sein konnte.

Gegen Iffi Falkenberg wurde wegen Geiselnahme und Körperverletzung ermittelt, während Erika Blome keine Strafe zu erwarten hatte. Allerdings war eine gründliche psychiatrische Untersuchung der alten Frau angeordnet worden.

Teddy Brummel war Zeuge:
Vermisste Nelly (6) starb bei Treppensturz

Direkt unter diese Überschrift platzierte ich das Foto des Mädchens, auf dem es den Bären im Arm hatte.

Endlich kennt Iphigenie F. (72) die Wahrheit: Ihre Tochter Nelly verschwand 1967 auf dem Schulweg und tauchte nie wieder auf. Alle Ermittlungen brachten kein Ergebnis, das Kind blieb verschwunden – wir berichteten. Jetzt ist die Wahrheit ans Licht gekommen: Nelly F. starb am Tag ihres Verschwindens bei einem Treppensturz. Die Frau des Lehrers hat gestanden, das Kind die Stufen vor ihrer Haustür hinuntergestoßen zu haben. Dabei brach sich das Mädchen das Genick. Der Mann der Lehrerin, der kurze Zeit später hinzukam, wollte die Sache vertuschen, vergrub die Leiche im Keller des Hauses und goss darüber Estrich.
Das Motiv der Lehrerfrau ist unklar. Sie scheint psychische Probleme zu haben. Die Aufklärung des Falls hat eine dramatische Vorgeschichte: Iphigenie F. entdeckte kürzlich den Teddybären ihrer Tochter bei einem Trödler. Nachforschungen des *Tageblattes* führten zu einem Abbruchhaus, in dem der inzwischen verstorbene Lehrer Otto B. und sein Frau Erika Jahrzehnte gelebt hatten. Im Boden des Kellers fand man das voll bekleidete Kin-

derskelett. Das Bild zeigt das bunte Kleid, das Nelly am Tag ihres Verschwindens getragen hatte.

Die heute 72-jährige Mutter des toten Mädchens wollte am Samstag Klarheit und fuhr zur Seniorenresidenz, in der Erika B. inzwischen lebt. Sie bedrohte die 82-jährige Witwe des Lehrers mit einem Messer und forderte Aufklärung. Daraufhin gab Erika B. zu, das Kind gestoßen zu haben.

Das musste reichen. Noch ein Foto der Seniorenresidenz vom Abtransport der beiden alten Frauen – mit gepixelten Gesichtern. Ich schaltete den Artikel heiß und packte meine Sachen.

»Den Fall hätten wir geklärt«, meinte ich zufrieden.

»Ja. Aber den anderen noch nicht«, erinnerte mich Wayne. »Wer hat Kasch getötet?«

»Ja, diese Fäden müssen noch vernäht werden. Und auch diese Lösung hat mit Iffi Falkenberg zu tun. Auch, wenn die das vielleicht gar nicht weiß.« Mein Magen knurrte laut und dringend.

»Verstehe. Pizza, Döner, Currywurst, Grappa?«, grinste der Knipser.

»Willst du nicht lieber bei deiner Anja vorfahren?«, fragte ich.

»Nein«, sagte er trotzig. »Ich will was essen.«

Der Pudel macht atemlos

Wir landeten in der Currywurstbude unseres Vertrauens. Mein linker Unterarm schmerzte, aber die Wurst war ja klein geschnitten und somit leicht zu bewältigen. Die rote Tunke hatte die Farbe von Blut. Ich schluckte. Nur nicht schwächeln!

Auf der Theke lag die zerfledderte Blöd-Zeitung. *Jacob Sister erkennt ihren Pudel nicht mehr* prangte über einem

Artikel, in dem es um die fortschreitende Demenz eines Mitglieds des Gesangs-Quartetts ging, das sich in den vergangenen Jahrzehnten durch blonde Perücken, vier Silberpudel und gesächselte Schlagertexte einen Namen gemacht hatte.

Pöppelbaum pfiff sich gleich zwei Würste rein. Er spießte die Stücke hektisch auf, als wäre es seine letzte Mahlzeit in diesem Jahr.

Aus dem Radio tönte ein Schlager, dem man nirgends entgehen konnte. *Ich schließe meine Augen, lösche jedes Tabu, Küsse auf der Haut, so wie ein Liebes-Tattoo, oho, oho …*

Tack, tack, tack … Wayne »verging« sich auch an den Pommes.

»Warum lässt du deinen Frust am Essen aus?«, fragte ich. »Es kann doch nichts dafür, dass Anja Neuhaus Geheimnisse hat.«

Atemlos durch die Nacht, spür' was Liebe mit uns macht, atemlos, schwindelfrei, großes Kino für uns zwei. Wir sind heute ewig, tausend Glücksgefühle …

Ich drückte meinen schmerzenden Arm und stöhnte leise. »Die Wunde pocht.«

»Du solltest noch mal zum Arzt gehen.«

»Ach, Quatsch«, wehrte ich ab. »Der Schnitt war nicht tief genug, um wirklichen Schaden anzurichten. Außerdem bin ich nicht weinerlich. Als Kind hab ich meine Haustiere immer selbst operiert.«

»Wie hoch war die Überlebensquote?«, fragte er.

»Um die hundert Prozent.«

Er lächelte unecht. Seine Tränensäcke waren geschwollen und die Falten auf der Stirn schienen in den letzten Tagen tiefer geworden zu sein.

Komm wir steigen auf das höchste Dach dieser Welt, halten einfach fest was uns zusammenhält, oho, oho …

»Kannst du das Geheul nicht mal stoppen?«, brüllte Wayne Richtung Frittierkraft.

Die Frau drehte schmollend an dem Lautstärkeregler.

»Du hast fetten Liebeskummer«, stellte ich fest.

»Und wenn schon.«

»Kann ich was für dich tun?«

»Ja. Nimm dir Anja vor. Ich will wissen, wer sie ist und was sie mit all dem zu tun hat.«

»Geht klar, Kleiner.«

Ein Boot namens Nanette

Da ich am Abend mit einer Flasche Riesling gekuschelt hatte, ging es mir am Montagmorgen nicht besonders gut. Ich rief in der Redaktion an und meldete mich krank. Dann schlief ich bis mittags, steckte meinen Arm in einen Plastikbeutel, duschte und machte mir eine Hühnersuppe warm.

Anja Neuhaus.

Wieder hatte ich das Bild vor Augen: das zerknüllte Kissen über Iffi Falkenbergs Gesicht. Was hatte Neuhaus mit Lavant zu schaffen?

Ich fuhr zu ihrem Haus und wunderte mich nicht, dass niemand öffnete. Die Rollläden waren runtergelassen und ein Paketabholschein war an den Briefkasten geklemmt.

Ich rief Pöppelbaum an und teilte ihm mit, dass ich Anja Neuhaus jetzt bei Lavant suchen würde. Und das bedeutete, dass ich an den Möhnesee fahren musste.

»Soll ich mitkommen?«, fragte er.

»Nein. Ich versuche es allein. Ruf mich heute Abend an, und wenn ich mich nicht bis Mitternacht melde, dann trommle eine Befreiungsarmee zusammen«, witzelte ich.

»Gut. Der Chef war übrigens begeistert von deiner Geschichte. Und er hat Verständnis dafür, dass du nach der Messerattacke ausspannen musst. Du kannst also in Ruhe krankfeiern.«

Am Möhnesee angekommen, stellte ich fest, dass das Restaurant geschlossen war. *Montag Ruhetag* – stand auf einem Schild hinter der Glasscheibe. Wie doof. Die meisten Restaurants hatten montags Ruhetag. Ich schlenderte um das *Le canard plumé* herum. Der weiße Kastenwagen parkte im Hinterhof, drei Müllcontainer und zahlreiche aufeinandergestapelte Getränkekisten standen herum. Die Holzmöbel auf der Außenterrasse waren mit Ketten aneinander festgemacht, die Schirme zugeklappt. Die Sonne knallte. Der See schimmerte blau-silbern herüber. Die weißen Segelboote wirkten wie schwimmende Möwen auf einem Spiegel.

Vom Biergarten führte ein Weg zum See. Ich begegnete einigen Skippern, die vom Segeln kamen oder aufs Wasser wollten. Auch ein Hobby – aber niemals meins. Beim ersten Segeltörn in meiner Jungmädchenzeit im Mittelmeer hatte ich über der Reling gehangen und mir die Seele aus dem Leib gekotzt.

Die Schiffe dümpelten im Wasser. Ihre Namen spiegelten die Sehnsüchte, Vorlieben und Einstellungen ihrer Besitzer wider. *Hackenstramm, Sieglinde, Deutschland, Mamas Liebling* und *Südseetraum*. Und *Mon amour Nanette.*

Das Boot war etwa zehn Meter lang und drei Meter breit. Neben den Segeln verfügte es auch über einen Motor. Als Landratte war das alles, was ich abschätzen konnte, aber der Name sagte alles. *Mon amour Nanette*.

Ich zückte mein Smartphone und machte ein Foto von dem Schriftzug und noch eine Halbtotale vom Boot. Ein Klick und beides war unterwegs an meine Redaktions-Mailadresse.

Niemand war an Bord. Zumindest sah ich niemanden. Ob sich in den Kojen jemand aufhielt, konnte ich von draußen nicht beurteilen. Wie eine zufällige Spaziergängerin näherte ich mich dem Schiff.

Plötzlich ein Geräusch. Wie von einer zugeschlagenen Tür. Dann ein metallenes Klicken. Ein Kopf tauchte über der Treppe auf. Ich blieb wie angewurzelt stehen.

»Guten Tag, Frau Grappa«, lächelte Dominique Lavant. »Was führt Sie hierher?«

»Unbeantwortete Fragen«, antwortete ich.

»Die da wären?«

Prima, er hielt sich nicht mit blöden Floskeln auf.

»Sie waren Freitagabend bei Anja Neuhaus. Woher kennen Sie die Dame?«

»Dann waren Sie das mit dem Blitzlicht? Sie haben mich heimlich fotografiert wie eine verdammte Spionin?«

»Nein. Das war ich nicht. Aber meine Frage ist damit noch nicht beantwortet.«

Er strich sich durchs Haar. Jeans und T-Shirt standen ihm besser als der Dienstanzug eines devoten Restaurantleiters.

»Na gut. Das Frage- und Antwortspiel ist bei einer Tasse Kaffee angenehmer. Darf ich bitten?«

Er reichte mir die Hand. Ich ergriff sie und sprang vom Steg aufs Boot. Der Holzboden wankte und er hielt mich. Der leichte Hauch eines teuren Herrenparfums stieg mir in die Nase. Ein echter Skipper war Lavant nicht, denn die riechen nach Fisch, Meer und Salz. Bildete ich mir zumindest ein.

Er ging vor zu einem Tisch, der auf dem Deck festgeschraubt war. Davor standen zwei einfache Stühle, dahinter eine Bank.

»Ich setze mal eben die Kaffeemaschine in Gang«, erklärte Lavant und stieg hinab in die Kajüte.

Die Sonne knallte durch die Wolken. Das Wasser wurde blau, fast anstrengend blau. Möwen kreischten und spielten miteinander in der Luft. Ich hörte das Klirren von Geschirr.

Wenig später war der Koch zurück. Er stellte die Kanne und zwei Kaffeebecher ab, dann setzte er sich.

»Ich kenne Frau Neuhaus seit einigen Monaten«, erklärte er, ohne dass ich die Frage erneut gestellt hätte. »Sie hat mich angerufen und um ein Gespräch gebeten. Ich habe natürlich gefragt, um was es geht. Sie meinte, sie wisse, was damals im Ferienlager passiert sei. Da habe ich einem Treffen zugestimmt.«

»Ja, das kann ich gut verstehen«, räumte ich ein und nahm einen Schluck Kaffee. »Was hatte sie denn für Neuigkeiten?«

»Anja Neuhaus kennt diese Stalkerin Frau Falkenberg. Die hat den Pfarrer ja auf Schritt und Tritt beobachtet und ihn verfolgt. Auch zu dieser Stelle im Wald bei Lüdenscheid.«

»Die Gedenkstätte für Nanette?«

Er nickte.

»Warten Sie mal. Sie haben mir doch erzählt, dass Sie davon gar keine Ahnung hatten!«

»Ich weiß. Das war eine kleine Ablenkung.«

»Und warum? Damit macht man sich doch verdächtig.«

»Noch verdächtiger macht man sich, wenn man viele Einzelheiten kennt, die mit einem Verbrechen zu tun haben.«

Ich fand, das war eine lahme Ausrede. Warum hatte er mich wirklich belogen? Aber erst mal wollte ich beim Thema bleiben. »Anja Neuhaus hat mit Frau Falkenberg über die Stelle im Wald gesprochen?«

»Ja. Die alte Frau hat natürlich wissen wollen, was Kasch dort wollte. Und ihn gefragt. Und er hat es ihr gesagt. Er trauerte angeblich um Nanette.«

»Das hat Frau Falkenberg Anja Neuhaus erzählt?«, fragte ich ungläubig.

»Ja. Frau Neuhaus kann gut mit gestörten Menschen umgehen. Sie hat ein gewisses psychologisches Geschick.«

»Und wie kam Frau Neuhaus dann auf Sie?«

»Das kann ich nur vermuten. Ich denke, dass Kasch meinen Namen erwähnt hat.«

Lavant sprang auf und ging auf und ab. In seinem Gesicht arbeitete es. »Können Sie sich vorstellen, wie mir zumute war? Da kommt diese Frau aus heiterem Himmel und behauptet, die Wahrheit zu kennen.«

»Wollte sie Geld?«

»Ja. Und ich habe es ihr auch gegeben, denn ich wollte

endlich wissen, was passiert ist. Zwanzigtausend Euro«, gab er zu. »Mir war sofort klar, dass Kasch doch in Nanettes Verschwinden verwickelt gewesen war, als ich von diesem Platz im Wald erfuhr.«

»Die Polizei hat damals alles überprüft«, wandte ich ein. »Ich habe Teile der Vernehmungsprotokolle gelesen.«

»Ja, damals war aber auch kein Motiv erkennbar. Für Kasch nicht und auch für sonst keinen.«

Die Sonne brannte und ich setzte mich auf die schattige Stelle der Bank. Leichte Kopfschmerzen plagten mich. »Erzählen Sie!«, forderte ich.

»An jenem Abend verließ Nanette das Ferienlager, um im Wald spazieren zu gehen. Sie liebte die Natur. Im Wald traf sie auf Kasch und Micha.«

»Wer ist Micha?«, lallte ich.

»Geht es Ihnen nicht gut?«, fragte Lavant. Er kam mir plötzlich riesengroß vor. Ich riss mich zusammen und hielt mich am Tisch fest.

»Alles okay«, behauptete ich. »Wer ist dieser Micha?«

»Bernd Hummel.«

»Das kann nicht sein. Ein Junge dieses Namens hat an dem Ferienlager nicht teilgenommen. Ich habe das längst überprüft.«

»Ja. Nur, dass Bernd Hummel vor zweiundzwanzig Jahren Bernd-Michael Scholz hieß.«

In meinem Hirn tobten Turbulenzen. »Was?«

Lavant setzte sich neben mich. »Ich glaube, es geht Ihnen nicht gut«, lächelte er. »Vertragen Sie keinen Kaffee?«

Ich konnte nicht antworten. Meine Zunge lag wie ein nasser Lappen in meiner Mundhöhle. Ich rappelte mich hoch.

»Ich erzähle Ihnen jetzt den Rest der Geschichte, bevor Sie nichts mehr mitbekommen.«

»Ja, bitte, ich bin so müde.«

»Ich beeile mich ja, Frau Grappa. Nanette erwischte Kasch und Micha beim Sex. Micha griff einen Ast und zertrümmerte Nanette den Schädel. Beide versteckten die Leiche und verbrannten sie einige Wochen später. Das ist eigentlich alles.«

»Waren Sie dabei oder woher wissen Sie das?«

Lavants Stimme drang zu mir wie durch Watte. »Sie glauben gar nicht, wie redselig Pfarrer sein können, wenn man ihnen einen Vorgeschmack auf das Höllenfeuer gibt.«

Es schüttelte mich.

»Wieso hieß Hummel damals Scholz?«

Lavant lachte bitter. »Seine Mutter heiratete später einen Herrn Hummel, der hat den Jungen adoptiert. Und irgendwann entschied sich Hummel, lieber Bernd als Micha gerufen zu werden.«

»Dann ist ja fast alles geklärt«, gähnte ich.

»So ist es«, lächelte Lavant. »Ich hatte seit Beginn unserer Bekanntschaft den Eindruck, dass wir beide uns prächtig verstehen, verehrte Frau Grappa.«

»Wer hat den Pfarrer ermordet? Und wer hat Hummel auf die Schienen gelegt? Und wer hat diesen Camper Kunze in die Ruhr geworfen? Wenn Sie mir das sagen würden, könnte ich in Ruhe ein Nickerchen machen.«

»Nehmen Sie noch einen Schluck Kaffee, dann schlafen Sie noch besser«, riet Lavant.

»Was haben Sie in den Kaffee getan?« Ich fegte die Tasse vom Tisch.

»Keine Sorge, Frau Grappa. Sie werden nur ein paar Stunden außer Gefecht sein. Mehr nicht. Vielleicht haben Sie leichtes Kopfweh, wenn Sie aufwachen. Aber das geht auch wieder vorbei.«

»Wer hat die drei Morde begangen?«, fragte ich.

Lavant streckte seine Hand aus. »Ihr Handy, bitte«, forderte er.

»Warum?«

»Ihr Handy! Geben Sie es mir einfach.«

»Nein.«

»Dann eben so!«, schrie Lavant. Er packte meine Tasche und kippte ihren Inhalt auf den Tisch. Das Smartphone lag zuoberst. Mit einer ausladenden Armbewegung warf er es in den Möhnesee.

Grappa kommt nicht in den Himmel

»Grappa! Nun wach schon auf!« Pöppelbaums Stimme war auch schon mal weniger unfreundlich. »Grappa-Baby!« Eine Hand betatschte meine Wange.

»Ich hab Kopfweh, lass mich pennen«, murmelte ich.

»Na, gut. Dann eben nicht.«

Warum nicht gleich so. Ich öffnete die Augen und sah die helle Decke über mir, einen großen Mann in weißer Kleidung mit Heiligenschein. War ich im Himmel? Nein, da würde ich Pöppelbaum kaum begegnen und ich hätte da auch wenig Spaß dran.

»Wo bin ich?«, flüsterte ich und blinzelte.

»In Sicherheit«, antwortete der Mann mit dem Heiligenschein und beugte sich über mich. »Wie fühlen wir uns denn?«

Jetzt war klar: Der Mann war Arzt und nicht der liebe Gott. Wie beruhigend.

»Müde«, stöhnte ich. »So müde.«

Es dämmerte. Also ging es auf den Abend zu. Durch das Krankenhausfenster sah ich den fast vollen Mond. Ich atmete tief ein und aus und versuchte, mich zu erinnern, was geschehen war. Dominique Lavant, das Segelboot mit Nanettes Namen und die Geschichte von ihrem Tod. Hatte er sie mir erzählt oder hatte ich das nur geträumt?

Ich hatte Durst und klingelte nach der Schwester. Nichts geschah. Ich griff nach der Triangel, die über dem Bett baumelte, und zog mich langsam hoch. Prompt wurde mir übel.

Mit der Hand vor dem Mund schleppte ich mich zur Toilette und erreichte sie gerade noch rechtzeitig.

Nachdem alles erledigt war, wusch ich mir das Gesicht und ging zur Tür. Auf dem Flur saß ein Polizist an einem kleinen Tisch und blätterte in einer Illustrierten. Er blickte hoch. »Soll ich die Schwester holen?«

»Was machen Sie denn hier?«

»Sie stehen unter Polizeischutz, Frau Grappa.«

»Warum?«

»Weil ein böser Mann vorbeikommen könnte, um Sie zum Schweigen zu bringen.«

»Ist ja wie im Krimi«, kicherte ich. »Sie wissen doch, dass die Bullen, die die Zeugen beschützen sollen, immer zuerst dran glauben müssen?«

»Nur in den Filmen mit schlechten Drehbuchautoren«, beruhigte mich der Mann.

Frühstücken – mal anders

In Krankenhäusern beginnt der Tag vier Stunden früher, als ich es gewöhnt war. Bereits um sechs Uhr polterte eine erschreckend wache Pflegekraft ins Zimmer.

»Wie geht es uns denn?«

»Muss. Und selbst?«

»Muss.«

Der Ruhri-Gruß funktionierte also auch hier. Ich raffte mein weißes Klinikhemd zusammen und schleppte mich ins Bad. Ich fühlte mich heute schon viel besser. Der Geschmack im Mund war allerdings ekelhaft. Ich putzte mir mehrfach die Zähne, gurgelte, bis ich kurz vorm Ertrinken war, wusch mich und ging zurück ins Bett. Das Kissen war aufgeschüttelt worden und auf dem Rolltisch stand ein Tablett mit einem gesunden Frühstück. Graubrot, Mandarine, Fabrikkäse, Margarine und ein kaltes Ei. Der Kaffee oxidierte mit den Zahnpastarückständen. Ich riss mich zusammen, schüttete die Brühe trotzdem in mich hinein und bekämpfte den Geschmack mit trockenem Brot.

Erst jetzt bemerkte ich, dass die Wunde an meinem Unterarm behandelt worden war: Ein frisches Pflaster klebte auf dem Riss.

Verdammt, ich musste endlich wissen, was passiert war. Es war noch keine halb acht. Unmöglich, jetzt schon Wayne anzurufen.

Ich schaltete das Radio ein. Vielleicht verbreiteten die Lokalnachrichten eine Meldung, die mich interessieren könnte.

Und in der Tat: Nach der Wettervorhersage gab der Sprecher bekannt, dass Dominique Lavant, zweiundfünfzig Jahre alt, Schweizer Staatsbürger, von Interpol in Zusammenhang mit mehreren Morden gesucht wurde. Lavant war also getürmt, nachdem er mich schachmatt gesetzt hatte.

Es klopfte. Hinter einem großen Blumenstrauß erschien der Kopf von Pöppelbaum in der Tür.

»Bist du aus dem Bett gefallen?«

»Hallo, Grappa-Baby«, begrüßte er mich. »Die Blumen sind von den Kollegen. Mäggi hat gesammelt. Schöne Grüße von allen und gute Besserung.«

Die Schwester brachte eine mit Wasser gefüllte Vase.

Wayne stopfte das Bouquet hinein und zog den Besucherstuhl neben das Bett. »Du hast bestimmt eine Menge Fragen, Grappa. Und ich habe viel zu erzählen.«

Sarah passt auf – geht doch!

Nach zwei Stunden wusste ich Bescheid. Wayne hatte schon am Nachmittag vergeblich versucht, mich telefonisch zu erreichen. Da lag mein Handy bereits auf dem Grund des Möhnesees. Er machte sich Sorgen, denn Anja Neuhaus war aufgetaucht und hatte ihm Folgendes erzählt:

Iffi Falkenberg hatte ihr die Gedenkstätte im Wald beschrieben und das Ferienlager erwähnt. Neuhaus hatte nachgeforscht und herausbekommen, dass Kasch es geleitet hatte und Nanette, die Freundin des Kochs, umgekommen war. Neuhaus recherchierte weiter, erfuhr den Namen Dominique Lavant, besuchte den Schweizer und behauptete, den Mörder zu kennen.

Lavant reagierte völlig panisch. Daraufhin zählte Anja eins und eins zusammen, beschuldigte den Koch, Kasch umgebracht zu haben, und tat so, als habe sie Beweise.

»Und was wollte er Freitagabend bei ihr?«, fragte ich.

»Die Frage habe ich ihr auch gestellt«, sagte Wayne. »Er bot ihr Geld, wenn sie den Mund halten würde. Ich glaube allerdings, dass er sie aus dem Weg räumen wollte. Als er merkte, dass er fotografiert wurde, hat er diesen Plan aufgegeben.«

Ich überlegte. »Vieles ist mir noch unklar. Was hat er mir in den Kaffee getan?«

»Ein schnell wirkendes, starkes Schlafmittel, überdosiert, aber nicht tödlich.«

Ich nahm einen großen Schluck Wasser. »Wie hast du mich eigentlich gefunden?«

»Sarah. Sie hörte mich fluchen, weil ich dich nicht erreichen konnte. Da fiel ihr ein, dass du ein Foto von deinem Handy an die Redaktion geschickt hattest. Das Schiff. *Mon amour Nanette*. Und auch ich kann eins und eins zusammenzählen und meldete der Polizei eine mutmaßliche Geiselnahme. Wir fanden dich dann schlafend auf dem Boot. Lavant war nicht zu finden, das Restaurant war abgeschlossen. Die Privatwohnung war ebenfalls leer. Das Geld von seinen Konten hatte er schon vor einer Woche ins Ausland transferiert. Das war eine sauber geplante Flucht.«

»Lavant kannte jedenfalls die komplette Geschichte. Micha alias Bernd Hummel. Sex im Wald. Micha greift Nanette an und tötet sie. Kasch ist dabei und verteidigt sie nicht. Er und Micha verbrennen später die Leiche.«

»Woher wusste Lavant das alles?«, wollte Wayne wissen.

»Er wusste das von Kasch selbst. Der hat noch geplaudert, bevor er gebraten wurde.«

Gegen Mittag verließ ich das Krankenhaus und machte meine Aussage bei der Polizei. Von Lavant gab es keine Spur. Ich erzählte einem Kommissar, was auf dem Boot passiert war.

»Warum ist er nicht einfach zur Polizei gegangen?«, fragte ich den Kripobeamten, der mich vernahm.

»Nach zwanzig Jahren ist Totschlag verjährt«, erklärte er. »Die Tat liegt aber schon zweiundzwanzig Jahre zurück. Selbst nach einem freiwilligen Geständnis hätte kein Staatsanwalt mehr Anklage gegen den Pastor erhoben. Und der Junge war damals fünfzehn Jahre alt – der wäre sowieso nicht mehr verurteilt worden.«

Ich wollte mich verabschieden.

»Moment noch, das wird Sie interessieren«, hielt mich der Beamte zurück. »Die Gerichtsmedizin hat die Untersuchungen im Fall Kunze abgeschlossen. Und ist zu der Überzeugung gelangt, dass er nicht durch Fremdeinwirkung zu Tode gekommen ist. Die Kopfverletzung muss er sich beim Sturz in die Ruhr zugezogen haben.«

Also ein Mordopfer weniger. Ich fuhr zur Redaktion. Bärchen Biber lief mir im Flur als Erster über den Weg.

»Da bist du ja wieder. Alle haben sich echt Sorgen um dich gemacht«, teilte der Chef-Liebling mit. »Fast alle.«

»Du etwa nicht, Süßer?«

»Warum sollte ich? Menschen wie du fallen immer wieder auf die Füße.«

»Besser als auf den Kopf.«

»Sehe ich auch so«, grinste er. »Ich schreibe übrigens die Geschichte von deiner Geiselnahme. Auftrag vom Chef.«

»Ach ja? Und woher bekommst du deine Infos?«

»Na, von dir, Grappa.«

»Dann träum mal weiter. Ich hab was anderes zu tun, als

dir ein Interview zu geben. Außerdem will ich die Ermittlungen nicht gefährden. Also, pscht.«

Ich legte den Zeigefinger auf die Lippen, ließ Bärchen stehen und ging ins Großraumbüro.

Stella tippte Leserbriefe ab, Sarah las die Blöd-Zeitung, Maggi blätterte in der *Zeit* und Simon Harras war dabei, ein riesiges Plakat unserer schwarz-gelben Bundesligamannschaft an die Wand zu kleben.

Mäggi sah hoch. »Grappa! Ich hoffe, es geht dir gut.«

Ich bejahte. Auch die anderen begrüßten mich. Fast fühlte ich mich wie zu Hause. Geborgenheit im Ritual. Der Elektrosmog, der aus den Rechnern quoll, alter Kaffeeduft, Harras' geschmackvoll gemusterter Pullover, Mäggis Schmetterlingsbrille und das übliche Chanel-Kostümchen, Stellas frenchmanikürte Fingernägel und Sarahs Käsebrötchenkrümel auf den Zeitungsseiten – alles war wie immer und das war gut so.

»Ich wollte nur mal nach euch schauen«, erklärte ich. »Bin nur kurz hier. Mein Krankenschein geht noch bis zum Wochenende.«

»Und die Story über dich?«, fragte Harras. »Bärchen Biber brennt darauf, dich zu interviewen.«

»Die fällt aus. Schweigegelübde.«

»Lass uns einen Kaffee trinken«, schlug Mäggi vor. »Aber in der Kantine.«

»Du siehst gut aus«, stellte ich fest. »Was ist mit Mamadou?«

»Er versucht, einen Job zu finden.«

»Also wohnt er immer noch bei dir?«

»Ja.«

»Das dachte ich mir«, lächelte ich. »Du wirkst so entspannt.«

»Stimmt. Aber er kann nicht bleiben. Es passt nicht.«

»Ach, Mäggi. Wo passt alles hundertprozentig? Diese Beziehung muss erst noch erfunden werden. Jedenfalls hast du Sex, das kann ich von mir zurzeit nicht behaupten.«

»Und was war in den letzten zehn Jahren, Grappa?«, meinte sie schelmisch. »Deine Durststrecke ist nicht auf lange Dauer angelegt, denke ich.«

»Sex im Alter wird überschätzt«, dozierte ich. »Manchmal will man nur noch die Beine hochlegen und seine Ruhe haben.«

»Das dachte ich die letzten zehn Jahre auch – bis zum Urlaub in Kenia.«

Abschied von dem toten Kind

Iffi Falkenberg war wieder auf freiem Fuß. Der Richter sah wohl keine Fluchtgefahr. Dass sie mir den Kratzer mit dem Messer verpasst hatte, nahm ich ihr nicht übel. Das Leben hatte sie nicht gerade mit Glacéhandschuhen angefasst.

Ich fuhr zu dem Mehrgenerationenhaus, in dem sie lebte. Als ich mein Auto stoppte, sah ich sie im Vorgarten. Sie trug Strohhut und eine grüne Schürze und sah aus wie eine englische Lady, die sich um ihre Blumen kümmert. In der einen Hand hielt sie einen kleinen Eimer, in der anderen eine Pflanzenschere, mit der sie vertrocknete Hortensienblüten abschnitt. Sie sah mich und ließ die Schere sinken.

»Guten Tag, Frau Falkenberg«, grüßte ich artig. »Wie geht es Ihnen heute?«

»Ich bin noch sehr benommen und verwirrt«, antwortete sie. »Gartenarbeit lenkt mich ab und entspannt mich. Was macht Ihr Arm?« Sie deutete auf das Pflaster.

Ich wehrte ab: »Das ist bald verheilt. Darf ich reinkommen?«

Ich durfte. Die Fotos von Nelly, mit denen sie zwischenzeitlich die Wand des Wohnzimmers tapeziert hatte, waren verschwunden.

Sie bemerkte mein erstauntes Gesicht und sagte: »Ich habe Abschied genommen. Die Bilder sind wieder im Album.«

»Sind Sie erleichtert, dass Sie jetzt Gewissheit haben?«

»Ich fühle eine große Leere in mir. Aber das ist besser als die Stürme, die seit Jahrzehnten in mir tobten. Kasch hat mir mal einen Psalm vorgelesen, der mir jetzt wieder eingefallen ist.« Sie setzte den Strohhut ab und strich das weiße Haar aus der Stirn. *»Ich lobe dich, großer Gott. Lasten lässt du mich tragen, aber du stützt mich. Wenn wir nur Tod sehen, zeigst du uns das Leben.«*

»Ja, Pfaffen haben immer passende Sprüche auf Lager«, nickte ich. »Kasch hatte auch seine Last zu tragen. Hat er Ihnen davon erzählt?«

»Das wissen Sie doch. Das junge Mädchen. Ich bin ihm in den Wald gefolgt zu dem Kreuz, als er die Blumen dort niederlegte.«

»Hat er Ihnen auch die ganze Wahrheit gesagt? Wie es wirklich war?«

Sie sah überrascht auf. »Welche ganze Wahrheit?«

Sie weiß also nichts, dachte ich, und sie lügt nicht.

»Kann ich bitte ein Glas Wasser bekommen?«, fragte ich, um Zeit zu gewinnen.

»Natürlich. Entschuldigen Sie.«

Sie brachte mir das Gewünschte.

»Ich soll Sie von Frau Neuhaus grüßen«, log ich. »Sie hat Ihre Geschichte mit großer Anteilnahme verfolgt und wünscht Ihnen gute Besserung.«

»Ach, die nette Nachbarin. Ja, sie ist in meiner schlimmen Zeit sehr freundlich zu mir gewesen«, sagte Iffi Falkenberg. »Sie hat mich sogar in ihr Haus gelassen, als ich diese lächerlichen Tänze aufführte. Einmal regnete es in Strömen und ich tat ihr wohl leid.«

»Sie konnten sich ihr anvertrauen?«

»Ja. Ich habe ihr von Nelly erzählt und wie ich den Pfarrer getroffen habe. Im Blumenladen. Sie hat mir geduldig zugehört.«

»Sie haben auch die Gedenkstätte im Wald erwähnt?«

»Ja. Nanette Fournier. Das Schicksal des Mädchens berührte mich. Es erinnerte mich an Nelly.«

»Haben Sie auch den Namen Lavant genannt?«

»Das kann sein. Aber warum fragen Sie das alles?«

Ich berichtete von meinem Besuch auf dem Boot und Dominique Lavants Behauptungen.

Als ich geendet hatte, meinte Iffi Falkenberg: »Ich hatte keine Ahnung, dass Kasch damals einen Jungen belästigt hat und in den Tod dieser jungen Frau verwickelt war. Und ich habe nie mit diesem Herrn Lavant gesprochen. Das schwöre ich bei meiner Liebe zu Nelly.«

Es gab für mich keinen Grund, Iffi Falkenberg nicht zu glauben. Allerdings hatte ich den Überblick darüber verloren, wer log und wer nicht. Und das würde wohl auch so bleiben, solange Dominique Lavant auf der Flucht war.

Ich besorgte mir ein neues Handy, mit dem ich wenigstens telefonieren konnte. Einige ausgewählte Kontakte, deren Nummern ich ganz altertümlich in mein Notizbuch geschrieben hatte, bekamen eine SMS mit meiner neuen Nummer.

Frau Schmitz will keine Blümchen streicheln

»Na, endlich, Frau Grappa«, begrüßte mich Frau Schmitz am nächsten Tag. »Wo warst du denn bloß? Ich hab von der Geiselnahme gelesen und mir Sorgen gemacht. Wie isses denn?«

»Muss. Und selbst.«

»Muss. Warum gehst du nicht an dein Handy?«

»Das liegt im Möhnesee.« Ich brachte sie auf den aktuellen Stand der Ereignisse.

»Was? Der Koch hat dich gekidnappt? Nicht zu fassen! Haben die den Kerl schon?«

»Leider nicht. Krieg ich Frühstück?«

»Groß oder klein?«

»Groß. Ich habe heute noch frei und jede Menge Zeit.«

»Dann setz dich mal hin. Kaffee kommt gleich.«

Ich war der einzige Gast im Bistro. Der erste Ansturm aufs Frühstück bei Frau Schmitz war vorbei, die Tische abgeräumt und die Krümel weggefegt.

Sie brachte den Pott Kaffee. »Rührei ist in Arbeit«, berichtete sie und strich die Hände an der weißen Schürze ab. Sie wirkte müde.

»Wie lange willst du das hier noch machen, Frau Schmitz?«, fragte ich.

»Ich wollte ja schon mal aufhören, aber was soll ich den ganzen Tag zu Hause machen? Die Wand anstarren? Die Blümchen streicheln? Vor der Glotze einschlafen? Oder verrückte Schleiertänze aufführen?«

Ich lachte. »Schon klar, Frau Schmitz.«

Mein neues Handy klingelte mit einem ungewohnten Ton.

»Hallo, Grappa, du wirst es nicht glauben: Lavant ist festgenommen worden«, berichtete Wayne.

»Woher weißt du das?«

»Mein Kontakt bei den Bullen. Angeblich singt Lavant wie eine Nachtigall.«

»Heißt das, dass er ein Geständnis abgelegt hat?«

»Mensch, Grappa! Das Ganze ist noch *top secret.* Doch bestimmt nicht mehr lange. Bärchen Biber telefoniert hektisch durch die Gegend. Und du hast einen Krankenschein!«

»Ich bin gleich da.«

Wieder ganz die Alte

Im Verlagshaus meldete ich mich bei Schnack, teilte ihm meine Gesundung mit und betonte, die Festnahme von Dominique Lavant recherchieren zu wollen.

»Kollege Biber ist da schon dran«, warf der Chef ein.

»Na, das hat sich ja nun erledigt«, lächelte ich zuckersüß.

»Ja, aber nur, wenn Sie sich wirklich fit fühlen«, meinte er unsicher.

»Ich könnte Bäume ausreißen«, behauptete ich.

»Dann besprechen Sie sich mit dem Kollegen.«

Ich ging zur Tür.

»Frau Grappa?«

»Ja?«

»Sie sollten sich vielleicht weniger persönlich engagieren. Dieser Mann hätte Sie umbringen können.«

»Danke für den Tipp. Aber ich bin nun mal keine Couch-Potato«, entgegnete ich. »Oder gibt es noch andere Vorbehalte gegen meine Arbeit?«

»Nein, natürlich nicht. Ich halte achtzig Zeilen für Sie frei. Ohne Fotos.«

»Prima.«

Ich verließ den Raum. Auf dem Weg zum Großraumbüro grübelte ich darüber nach, welche Botschaft Schnack mir hatte mitteilen wollen. Dass ich zu alt sei, um heiße Storys zu bewältigen? Zu unvorsichtig oder zu ungeschickt? Zu erfolglos?

In der Küche traf ich Wayne. »Und?«

»Alles klar. Ich hab mir die Story zurückgeholt. Sag mir, was du weißt.«

»Lavant wird gerade vernommen. Eine Presseinfo ist für den späten Nachmittag angekündigt.«

»Was ist mit der Neuhaus?«

Wayne zuckte die Schultern. »Sie wird wohl mindestens als Zeugin vernommen werden.«

»Sie hat Geld von Lavant erpresst«, sagte ich.

»Das ist mir egal«, murrte er.

»Dann ist es ja gut. Fahr bitte zum Möhnesee. Lichte das Restaurant ab und mach ein paar vernünftige Fotos vom Boot. Ich fang schon mal mit dem Schreiben an.«

»Zu Befehl, Grappa«, salutierte er. »Schön, dass du wieder ganz die Alte bist.«

»Das Wort *alt* hab ich jetzt überhört.«

Nichts ist so, wie es scheint

Ich verzog mich an meinen Schreibtisch. Auch wenn ich noch keine offiziellen Informationen hatte, konnte ich schon einiges vorbereiten. Das hieß: Ich musste die Geschichte von Anfang an erzählen, denn der Leser ist kein lebendes Archiv.

> Es war einmal ein Sommerloch, das gefüllt werden musste. Da kam das Modethema *Stalking* gerade recht. Auf den Aufruf einer Zeitung meldete sich ein Pfarrer, der von einer betagten Frau mit erotischen Tänzen belästigt wurde. Wenig später war der Geistliche tot. Ermordet. Aus dem Sommerloch-Thema *Stalking* wurde eine Mordsgeschichte mit den Zutaten Rache, Sex, Liebe, Geld, Geiselnahme und Tod.
> Und nichts war so, wie es am Anfang schien. Eine Frau stalkt einen Pfarrer. Eine eindeutige Sache. Doch die Recherche ergab sehr schnell ein Bild, das alles andere als eindeutig war. Die Stalkerin war keine durchgeknallte, psychisch kranke Frau, die mit ihren Trieben nicht klarkam. Und der Pastor war nicht der freundliche Geistliche, der sein Leben in den Dienst Gottes und der Menschen gestellt hatte …

Gar nicht schlecht, dachte ich. Ich fabulierte weiter, wurde aber immer nervöser, je öfter ich meinen Mailaccount überprüfte und nach der Pressemitteilung der Staatsanwaltschaft absuchte.

Ich kochte mir Tasse um Tasse Kaffee in der Küche, zog Süßkram aus dem Automaten in der Kantine und surfte im Netz. Urlaubsreisen. Einfach vom Bierstädter Flughafen aus in den Billigflieger und ab. Malle, Kanaren, Polen. Kenia leider nur mit Zwischenstopp in Frankfurt. Ein Link auf der Homepage der Fluglinie führte zu einem Magazin.

Junge Boys für alte Ladys – stand da.

Die Nordküste von Mombasa. Sanft wiegen sich die Palmen im Wind, federnden Schrittes laufen gut gebaute Männer über den Sandstrand. Manche spielen Fußball. Andere verkaufen Kokosnüsse oder Schmuck und wieder andere sich selbst.

Das Klingeln meines Handys lenkte mich von meinen Urlaubsträumen ab.

Wayne kündigte an, dass er auf dem Rückweg sei. »Ich hab alles im Kasten, Grappa. Das Boot ist allerdings nicht mehr da. Wir müssen auf dein Handyfoto zurückgreifen.«

Endlich trudelte auch die Pressemitteilung der Staatsanwaltschaft ein. Ich schloss die Fenster mit den Urlaubsbildern und haute in die Tasten.

Tötungsdelikt aufgeklärt – 52-jähriger Beschuldigter Dominique L. gesteht Mord an Pfarrer Guido K. (56) – Haftrichter erlässt Haftbefehl wegen Mordes

L. räumte ein, in das Haus des Pfarrers eingedrungen zu sein, um von ihm Aufklärung über das Verschwinden seiner Freundin Nanette F. vor zweiundzwanzig Jahren zu erhalten. Dabei bedrohte der renommierte Koch sein späteres Opfer. Als der Geschädigte Auskunft über die Vorfälle in einem christlichen Ferienlager gab und eine Mitschuld am Tod der jungen Frau einräumte, betäubte L. den Pfarrer mit K.-o.-Tropfen und tötete ihn, indem er den Kopf seines Opfers in einen Backofen legte und die Temperatur auf die höchste Stufe stellte. Als Grund für diese Mordmethode gab der Beschuldigte an, dass der Pfarrer den Leichnam seiner Verlobten schließlich auch verbrannt habe.

Gegen Dominique L. wurde Untersuchungshaft wegen Mordverdachts angeordnet. Unklar ist zurzeit noch, ob L. auch für den Mord an Bernd H. verantwortlich ist.

Nanette F. hatte H. und den Pfarrer vor zweiundzwanzig Jahren im Wald beim Sex überrascht. Sie wurde daraufhin erschlagen. Wer von den beiden der Täter ist oder ob sie die junge Frau gemeinsam getötet haben, lässt sich wohl nicht mehr klären: Alle damals Beteiligten sind tot. Dennoch ermittelt die Polizei weiter, denn einige Fragen sind nach wie vor offen: Wer hat am Abend kurz vor Kaschs Tod den Schleiertanz aufgeführt? Hat wirklich Dominique L. Bernd H. auf die Schienen gelegt?

Mit diesen Fragen schloss ich meine Geschichte ab.

Wayne und ich suchten die Fotos aus, Schnack las den Artikel gegen und stellte ihn online.

»Absacker gefällig, Grappa?«, stellte Wayne wieder unsere Lieblingsstandardfrage.

»Nee, Bruder, heute nicht. Ich will nur noch schlafen.«

Es wurde ein ruhiger Abend. Da nur wenige Menschen meine Handynummer hatten, blieb ich von Anrufen verschont. Den Computer ließ ich ausgeschaltet und griff zu einem Buch, das seit Monaten unberührt auf dem Sofa lag. *Die Hölle* von Henri Barbusse. Kleist hatte es mir geschenkt. Es schilderte die Schrecken des Ersten Weltkrieges. Ich blätterte es durch und mein Blick fiel auf den Satz: *Alles ruht in mir. Es gibt keine Richter, es gibt keine Schranken und es gibt keine Grenzen vor mir.*

Das passt auf Dominique Lavant, dachte ich. Er hatte sich – ohne Schranken und Grenzen zu spüren – auf grausame Weise gerächt. Aber mit einem Richter würde er es zu tun bekommen, da war ich mir sicher.

Unerwarteter Besuch

Am nächsten Morgen überraschte die Staatsanwaltschaft mit der Mitteilung, dass eine mutmaßliche Komplizin des mutmaßlichen Mörders L. festgenommen worden sei.

Waynes Miene änderte sich nicht. Er hielt Anja Neuhaus inzwischen für eine Lügnerin und Erpresserin. Ich war nicht seiner Meinung. Sie hatte die Chance genutzt, sich ein paar Euro nebenher zu verdienen und Lavant hatte es ihr leicht gemacht.

Die Redaktionskonferenz war wie immer. Schnack verteilte die Themen. Es kam zu einem kurzen Fight zwischen ihm und Mäggi, die eine ganze Seite über den Opernball im Konzerthaus vollschreiben wollte. Sie bekam eine halbe Seite inklusive Fotos. Bärchen Biber hatte sein Herz für Kriegsflüchtlinge entdeckt, die von Salafisten bedroht wurden, und Simon Harras nahm als Beobachter am Betrugsprozess gegen den ehemaligen Präsidenten des schwarz-gelben Bundesliga-Fußballvereins teil, der nach seinem Absturz vor lauter Armut nur noch mit einem schnöden Porsche Cayenne durch die Stadt brettern konnte. Clarissa durfte zu einem Hintergrundgespräch ins Polizeipräsidium, in dem es um die Zerschlagung einer Drogenbande gehen würde. Ich bekam zwanzig Zeilen auf der Eins. Das war wenig, reichte aber aus, um über die Festnahme von Anja Neuhaus zu schreiben.

Bevor ich den Artikel online stellen konnte, kam die Nachricht, dass die junge Frau schon wieder entlassen worden war. Sie wurde jetzt als Zeugin bezeichnet und nicht mehr als Verdächtige. Ich brachte den Text auf den letzten Stand.

»Da ist Besuch für dich«, sagte Susis Stimme in meinem Rücken. »Unten am Empfang wartet jemand auf dich.«

»Wer ist es denn?«

»Keine Ahnung. Soll eine Frau sein. Da musst du schon selbst nachgucken, Grappa.«

»Danke, Susi, es ist immer wieder schön, mit dir zusammenzuarbeiten.«

»Danke zurück.« Ironie war nicht ihr Ding.

Ich nahm den Aufzug nach unten. In der Sitzecke im Foyer saß eine Frau, die ich noch nie gesehen hatte.

»Guten Tag. Ich bin Maria Grappa.«

»Und ich Marlène Lavant. Dominiques Frau.«

Sie hatte ebenfalls einen leicht französischen Akzent, war wesentlich jünger als ihr Ehemann – ich schätzte sie auf Anfang dreißig. Haselnussbraunes Haar, ein fein geschnittenes Gesicht, zierliche Figur, teuer gekleidet, am Handgelenk eine mit Brillanten besetzte Armbanduhr.

Ich kam mir mit meinen Jeans und dem Schlabberpullover vor, als hätte ich die Kleiderkammer der Caritas geplündert.

»Was führt Sie hierher?«, fragte ich.

»Ihre Artikel über meinen Mann«, entgegnete sie. »Er ist kein Mörder.«

»Moment mal! Er hat gestanden, den Pfarrer getötet zu haben, und zwar auf eine ganz üble Art«, widersprach ich.

»Er ist kein Mörder im juristischen Sinn. Können wir uns irgendwo in Ruhe unterhalten?«

»Folgen Sie mir.«

Auch ihr Parfum war bestimmt nicht billig gewesen, aber sie hatte es zu üppig aufgetragen. Ich war froh, als sich die Tür des Lifts öffnete und ich wieder die gewohnte Luft einatmen konnte.

In der Kantine suchte ich uns ein lauschiges Plätzchen zwischen Kaffee- und Zigarettenautomat.

»Kaffee?«

»Nein danke.«

Sie legte ihre Kostümjacke ab und entledigte sich ihrer Handschuhe.

»Ich lebe mit unseren drei Kindern in der Schweiz«, bekannte sie. »Die Schulbildung ist dort besser und das soziale Umfeld ebenfalls. Deutschland hat mir noch nie gefallen.«

»Warum hat Ihr Mann dann kein Restaurant in der Schweiz aufgemacht?«

»Das ist eine lange, private Geschichte. Aber jetzt denke ich, dass es vielleicht doch ein Fehler war, ihm nicht hierher zu folgen. Wir sehen uns einmal im Monat für einige Tage.«

»Wie alt sind die Kinder?«

»Zehn, acht und fünf Jahre. Sie lieben ihren Papa.«

»Das soll ja auch so sein«, lächelte ich. »Und jetzt lassen wir den Small Talk und kommen zum Thema. Sie kennen die Geschichte, die sich vor zweiundzwanzig Jahren abgespielt hat?«

»Natürlich. Nanette. Die Jugendliebe meines Mannes. Und dann kommt eines Tages diese Frau und behauptet, die Wahrheit zu kennen. Dominique war viele Jahre in psychiatrischer Behandlung, weil er den Tod der jungen Frau nicht verkraftet hatte. Und dann brach alles wieder auf, was gerade verheilt war. Er war wie besessen, endlich zu erfahren, was damals geschehen war.« Sie seufzte. »Es ist alles so schrecklich.«

»Wann hat er Sie darüber informiert, dass der Pfarrer und der Junge die Täter waren?«

Sie überlegte. »Das weiß ich nicht mehr. Und von einem Jungen habe ich nichts gewusst.«

Das kann stimmen, dachte ich. Lavant zufolge hatte Kasch erst kurz vor seinem Tod von Bernd Hummel alias Micha erzählt.

»Was wollen Sie von mir?«

»Mein Mann war nicht bei sich, als er diesen Pfarrer tötete. Ich werde Dominique im Gefängnis besuchen und den deutschen Behörden Gutachten vorlegen, die belegen, dass er nicht verantwortlich gemacht werden kann für das, was er getan hat. Und ich hoffe, dass Sie mir helfen, Frau Grappa.«

»Und wie?«

»Schreiben Sie das, was ich Ihnen über Dominique erzählt habe und noch erzählen werde. Wir haben drei kleine Kinder, die ihren Papa vermissen. Hier! «

Sie legte mir ein paar Fotos hin. Zwei Jungs, ein Mädchen, ein Ehepaar in einem parkähnlichen Garten. Die Bilderbuchfamilie schlechthin. Aber eine gute Story. Familie kämpft um den Vater, der im Knast schmachtet. Eine schön rührselige Geschichte über einen durch Schicksalsschlag psychisch verletzten Liebenden könnte auch ein Gericht beeindrucken.

»Ich habe meinen Mann schon viele Wochen nicht mehr gesehen«, erklärte sie. »Bitte, helfen Sie uns.«

»Dann will ich kurzzeitig mal vergessen, dass mich Ihr feiner Ehemann mit einem Schlafmittel schachmatt gesetzt hat«, sagte ich. »Ich überlege es mir. Haben Sie schon ein Hotel oder soll ich Ihnen eins besorgen?«

Sie hatte kein Hotel gebucht.

Ich nannte ihr eins, rief ein Taxi und gab ihr meine Handynummer.

Saustall und Beklopptenschein

Wochenende. Im Kühlschrank lagen drei bräunlich verfärbte Schrumpelmöhren, die sich bogen wie Gummi, eine halb ausgedrückte Tube Senf und ein angebrochenes Glas Pesto, auf dessen Oberfläche sich Schimmelpilze ein Stelldichein gaben. Ich bugsierte alles in den Müll.

Grappa, du lebst in einem Saustall. Auf den Glastischen liegt Staub, an der Decke ziehen sich Spinnfäden, die Fensterscheiben lassen das Sonnenlicht nur noch zu siebzig Prozent durch.

Ich machte einen Plan. Erst Frühstück bei Frau Schmitz, dann einkaufen, dann putzen. Die ersten beiden Punkte würde ich locker hinkriegen.

»Das hast du schön geschrieben, Frau Grappa«, lobte mich die Bäckerin, in der Hand das *Tageblatt*.

»Danke, Frau Schmitz.«

»Frühstück?«

»Ja. Ein kleines. Toast, Kaffee, Käse.«

Nach drei Minuten war alles da.

»Die Frau des Mörders ist aufgetaucht«, erklärte ich.

»Dem Koch seine?«

»Ja. Sie sagt, ihr Mann sei nicht zurechnungsfähig.«

»Dann läuft das auf einen Beklopptenschein raus?«

»Messerscharfe Bewertung, Frau Schmitz. Ich soll ihr helfen.«

»Das lässt du mal schön bleiben, Frau Grappa«, schimpfte sie. »Der Mann hat das alles geplant und ohne Mitleid ausgeführt. Jemanden mit dem Kopf in den Ofen zu stecken, bis er verbrannt ist! Sind wir denn hier bei den Hottentotten?«

Ich verkniff mir eine Bemerkung zum stolzen Volk der Hottentotten.

»Mord bedeutet Planung, Hinterhalt und die Wehrlosigkeit des Opfers ausnützen«, machte sie weiter. »Das kannst du in jedem Krimi nachlesen. Vielleicht hat sie ihm ja sogar geholfen.«

Im Supermarkt packte ich meinen Einkaufskorb voll. Obst, Gemüse, Joghurt. Es wurde Zeit, dass ich mal was Gesundes aß. Zu Hause schnibbelte ich das Gemüse klein und warf es in die Tajine. Gemüsebrühe drüber und ab in den Backofen.

Hausputz. Ich holte den Staubwedel aus seinem Versteck und versuchte, die Spinnweben einzufangen. Sie verhielten sich wie tänzelnde Schleier.

Vielleicht hat sie ihm ja sogar geholfen. Frau Schmitz' Satz war plötzlich da. Ich starrte auf die Spinnweben. Schleier. Tanz der Schleier.

Was hatte Marlène Lavant mir unaufgefordert erzählt? Dass sie ihren Mann viele Wochen nicht gesehen habe.

Ich ließ den Feudel fallen, fuhr meinen Rechner hoch und spielte das Video vom Mordabend ab. Die Schleiertänzerin im Vorgarten des Pfarrers, die so ganz anders tanzte als Iffi Falkenberg. Die auffällige Armbanduhr mit den Glitzersteinen, die das Licht der Straßenlaterne widerspiegelte. Genau die Uhr, die an Marlène Lavants Handgelenk prangte. Auch von der Statur her kann sie es gewesen sein, dachte ich.

Die Familiennummer zieht nicht immer

Am Sonntagmorgen fuhr ich zum Hotel. Marlène Lavant saß im Frühstücksraum. Ich hatte das Video auf mein Handy geladen.

»Frau Grappa!«, strahlte sie. »Setzen Sie sich doch bitte.«

»Guten Morgen«, grüßte ich. »Hatten Sie eine gute Nacht?«

»Nein. Die Sorge um Dominique. Und unsere Kleinste hat Husten, sie vermisst ihre Eltern. Ich hoffe, dass ich Dominique morgen im Gefängnis besuchen kann. Ich habe mir einen deutschen Anwalt genommen, der mir hilft. Es ist der Anwalt, der uns in Deutschland geschäftlich vertritt.«

»Kennt er sich auch in Strafsachen aus?«, fragte ich.

»Das weiß ich nicht. Er wird mir einen guten Strafrechtler nennen, falls man Dominique tatsächlich anklagt.«

Obwohl ihr Haar perfekt lag, ordnete sie es. Die teure Uhr blitzte an ihrem Arm.

»Wie lange sind Sie schon nicht mehr in Deutschland gewesen?«, fragte ich.

»Bestimmt zwei, drei Jahre nicht mehr.«

»Sind Sie sicher?«

»Natürlich.« Ihre Lider zitterten für einen Moment.

»Ich habe einen Film auf meinem Handy. Würden Sie ihn sich bitte anschauen?«

»Wenn es wichtig für Sie ist.«

Ich startete das Video und reichte ihr das Handy.

Wortlos schaute sie sich den Film an, auf ihrer faltenlosen Stirn bildeten sich Schweißperlen.

»Was soll das sein?«, fragte sie unwirsch.

»Ein Tanz. Im Vorgarten des toten Pastors. Kurz bevor er ermordet wurde.«

»Und warum zeigen Sie mir das?«

»Haben Sie die Frau erkannt?«, fragte ich.

»Nein.«

»Ich aber. Sie sind es. Sie haben vergessen, die Armbanduhr abzulegen. Hier, ich habe eine Standbildvergrößerung.«

Ich drückte ein paar Tasten und reichte ihr das Smartphone.

Sie starrte das Bild an und blieb still.

»Kommen Sie«, sagte ich. »Lassen Sie uns zur Polizei gehen und eine Aussage machen. Der Kriminaldauerdienst hat auch an Sonntagen geöffnet.«

Auch Marlène Lavant wurde vorläufig festgenommen. Sie gestand, dass sie ihren Mann zu Pfarrer Kasch begleitet hatte, bestritt aber, aktiv am Mord beteiligt gewesen zu sein. Sie hätten den Geistlichen besucht, um endlich die Wahrheit zu erfahren, dann sei die Sache aus dem Ruder gelaufen und schließlich eskaliert.

Auch zu Bernd Hummels Tod machte sie eine Aussage. Der Freund des Pfarrers sei ja der eigentlich Schuldige am Tod von Nanette gewesen, weil er sie erschlagen habe. Über den Tod von Kunze wisse sie nichts.

Ausklang

Im Winter fand der Prozess vor dem Schwurgericht statt. Lavant und seine medizinischen Gutachter konnten das Gericht davon überzeugen, dass er in einer psychischen Ausnahmesituation gehandelt habe. Lavant leide unter schizophrenen Schüben. Er wurde in die geschlossene Psychiatrie eingewiesen, wo er sich sogleich einer Therapie unterzog.

Und die Staatsanwaltschaft schaffte es nicht, Marlène Lavant eine Mittäterschaft nachzuweisen. Ihr Auftritt vor Gericht war von tiefer Reue und Verzweiflung geprägt, immer wieder brachte sie ihre drei Kinder ins Spiel. Man nahm es ihr nicht übel, dass sie ihren Mann nicht ans Messer geliefert hatte. Großes Kino war das. Sie wurde freigesprochen.

»Tja, Grappa, das ist die Justiz«, sagte Wayne nach dem letzten Prozesstag. »Wetten, die Therapie schlägt bei dem Koch so gut an, dass er in spätestens vier Jahren wieder zu Hause ist im Kreis seiner Lieben?«

»Da halte ich nicht dagegen«, meinte ich.

Grappa-Krimis von ...

Grappas Versuchung
ISBN 978-3-89425-034-8, eISBN 978-3-89425-980-8
1. Fall: Reporterin umkreist charmanten Bösewicht

Grappas Treibjagd
ISBN 978-3-89425-038-6, eISBN 978-3-89425-981-5
2. Fall: Wer ist der geheimnisvolle Onkel Herbert?

Grappa macht Theater
ISBN 978-3-89425-042-3, eISBN 978-3-89425-982-2
3. Fall: Geheimbund kontrolliert Kulturleben in Bierstadt

Grappa dreht durch
eISBN 978-3-89425-983-9
4. Fall: Nackte Tatsachen in einem Bierstädter Filmstudio

Grappa fängt Feuer
eISBN 978-3-89425-984-6
5. Fall: Eine Reisegruppe in Griechenland verliert ihre Teilnehmer ...

Grappa und der Wolf
eISBN 978-3-89425-985-3
6. Fall: Ein charmanter Auftragskiller und Plutoniumschmuggel

Killt Grappa!
eISBN 978-3-89425-986-0
7. Fall: Schönheitschirurgie und Satanismus

Grappa und die fantastischen Fünf
eISBN 978-3-89425-987-7
8. Fall: Toter Teppichhändler und tückische Erpresserbande

Grappa-Baby
ISBN 978-3-89425-207-6, eISBN 978-3-89425-988-4
9. Fall: Die menschliche Reproduktion zwischen Himmel und Hölle

Zu bunt für Grappa
eISBN 978-3-89425-989-1
10. Fall: Ein Toter im Melonenfeld und ein unbekannter van Gogh

Grappa und das große Rennen
eISBN 978-3-89425-990-7
11. Fall: Wer meuchelte die drei prominenten Sozis?

Flieg, Grappa, flieg!
ISBN 978-3-89425-256-4, eISBN 978-3-89425-991-4
12. Fall: Wilde Tiere, tote Callboys und aggressive Neonazis

grafit

... Gabriella Wollenhaupt

Grappa und die acht Todsünden
ISBN 978-3-89425-267-0, eISBN 978-3-89425-992-1
13. Fall: Tödliches Festmahl für sieben Männer und Frauen

Grappa im Netz
ISBN 978-3-89425-278-6, eISBN 978-3-89425-993-8
14. Fall: Der OB ist verschollen und untreue Ehemänner werden gemeuchelt

Grappa und der Tod aus Venedig
ISBN 978-3-89425-290-8, eISBN 978-3-89425-994-5
15. Fall: Grappa und ein Mörder auf den Spuren Thomas Manns

Rote Karte für Grappa
ISBN 978-3-89425-318-9, eISBN 978-3-89425-995-2
16. Fall: Wer killte den brasilianischen Stürmerstar Toninho?

Grappa und die Nackenbeißer
eISBN 978-3-89425-996-9
17. Fall: Die Welt der Kitschromane – da bleibt kein Auge trocken!

Es muss nicht immer Grappa sein
ISBN 978-3-89425-355-4, eISBN 978-3-89425-845-0
18. Fall: Eine zu früh verstorbene Rentnerin und 35 kg Kaviar

Grappas Gespür für Schnee
ISBN 978-3-89425-359-2, eISBN 978-3-89425-846-7
19. Fall: Wer bezahlt die Kokspartys im Bierstädter Rathaus?

Grappa und die keusche Braut
ISBN 978-3-89425-372-1, eISBN 978-3-89425-812-2
20. Fall: Amokläufer tötet eine ganze Klasse – die Lehrerin überlebt ...

Grappa und die Seelenfänger
ISBN 978-3-89425-385-1, eISBN 978-3-89425-850-4
21. Fall: Der Chef einer Castingshow wird erst entführt, dann erleuchtet

Grappa lässt die Puppen tanzen
ISBN 978-3-89425-395-0, eISBN 978-3-89425-861-0
22. Fall: Ein Karussell des Elends – von Plovdiv nach Bierstadt in den Tod

Grappa und die Toten vom See
ISBN 978-3-89425-418-6, eISBN 978-3-89425-886-3
23. Fall: Brauner Sumpf in Bierstadt – alte und neue Nazis

Grappa sieht rosa
ISBN 978-3-89425-436-0, eISBN 978-3-89425-155-0
24. Fall: Ein Coming-out mit fatalen Folgen

grafit